가장 아끼는 너에게 주고 싶은 말

가장 아끼는

_____ 에게

♡

_____ 가

건네며

무엇 하나 소중히 여기지 못했던 시절이 있었다. 삶, 사람, 사랑, 그리고 나까지. 소중하기보단 당연했고, 당연하니 권태로웠으며, 권태로우니 무의미했다. 미움, 혹은 무의미로 채워진 마음에는 행복이 들어올 자리가 없었다. 행복해지고 싶다고 입버릇처럼 말했지만, 행복을 향하지는 않았다.

잘 살아야 한다는 강박 때문이었을까. 세상이 정해 놓은 잘 산다는 기준에 맞지 않는 삶이면, 가치 없는 삶이라 여겼기 때문이었을까. 나는 내게 주어진 것들을 소중히 여기지 않았고, 무엇 하나 아끼지 않았다. 아니, 어쩌면 아낄 만한 것이 아니라 생각했는지도 모른다. 세상이 말하는 기준을 좇기 바빴으니까.

그때는 몰랐다. 내가 아닌 그 누구도, 내게 주어진 것들을 나보다 소중히 여기지 못한다는 것을. 내가 아껴 주지 않으면, 그것들은 갈수록 빛을 잃는다는 것을. 누가 뭐래도 나만은 내게 주어진 모든 것들을 아끼고 사랑해 주어야 한다는 사실을.

행복은 욕망하는 것이 아니라,

그렇게 향하는 것임을.

가장 소중하게 여긴 것은, 가장 소중한 것이 된다. 아낄 만한 것이기에 아끼는 것이 아니라, 아낌으로써 가치로워진다. 늦었지만, 나에게 말하고 싶다. 가장 아껴 줘야 할 너를 아껴 주지 못해 미안하다고. 이제부터라도 너를 조건 없이 사랑하겠노라고. 내가 나를 사랑하는 데에는 이유 따윈 필요치 않으니.

아끼고 사랑해야 했던 시절을 놓친 아쉬움을 가득 담아,

더 커다란 사랑을 보내 본다.

묵묵히 곁을 지켜준 가족과 친구들, 사랑하는 사람, 마음 앓이 했던 나까지.

늦었다는 후회를 접고 앞으로를 바라본다.

세상 무엇보다 아낀다는 말은,

사랑한다는 뜻입니다.

가장 아끼는 당신에게 주고 싶은 말.

- 도연화 올림

목 차

건네며

I

결국 당신은
빛이 날 테니

내게 날개를 달아 주는 방법

사랑이 있으면 채워질 것이라 생각했지만, 애정의 갈구는 나를 더 가난하게 만들었다. 사람들 틈에 있어야 행복할 것이라 생각했지만, 공허를 채우기 위한 만남은 나를 더 외롭게 만들었다.

채워야 한다고 생각할수록 채워지지 않는 것들이 있다.

타인에게서 채울 수 있다는 믿음을 버릴 때, 비로소 온전한 나로 살아갈 수 있다. 나에게는 절대적인 사랑을 줄 수 있는 이가, 마음을 충만히 채워 줄 수 있는 이가 있다. 누구보다 가까이, 누구보다 진심 어린 사람이 있다. 내 안에 있다. 혼자여도 괜찮다는 사실을 믿는 것은 나에게 날개를 달아 주는 것과 같다. 부디 당신의 자유를 지키며 살아가길. 나에게 아름다운 날개를 달아 주기를.

말하는 대로

나를 믿지 못했던 시절이 있다. 내가 할 수 있을까? 나는 실수도 많고, 덤벙거리는데 못하면 어쩌지? 시도조차 어려웠고, 눈을 질끈 감고 시도해도 나를 의심하는 생각이 머릿속에 꽉 차서 해야 할 일에 집중하지 못했다.

우리는 속으로 되뇌는 말을 따라가게 된다. 나의 생각은 나의 정답이 되어 간다. 생각은 내가 했지만, 생각이 나를 설득하는 순간이 온다. 어떤 말로 나를 설득할 것인지, 어떤 말을 믿도록 할 것인지는 나에게 달렸다.

할 수 있다는 말을 믿기로 했다. 할 수 없을 것만 같은 순간에도 할 수 있게끔 만들겠다고 다짐했다. 당연히 모든 걸 성공하지 못했지만, 무언가를 시도하는 첫 순간이 버겁지 않아졌고, 자신감 때문인지 제법 많은 것들을 해 나가고 있다.

내게 많은 응원과 용기를 주자.

설령 아직 나를 믿지 못하겠더라도, 할 수 있다고 말하자.

그 말이 나를 설득시켜 줄 것이다.

나는 할 수 있어.

고작 그런 거에 주눅 들 필요 없어.

다 별거 아니야.

나는 해낼 수 있는 사람이야.

비교의 늪

비교는 늪과 같다.

발을 들이면 도통 빠져나올 수가 없다.

너무나 쉽게 타인의 삶을 볼 수 있는 요즘,

그 늪에 발을 딛는 순간 끝없이 깊은 곳으로 빠져든다.

자주 작아지고, 주눅이 든다면 돌이켜 보아야 한다.

나는 어디에 집중하며 살아가고 있는지.

내가 쌓아야 할 일에 집중하고 있는지.

타인이 쌓아 올린 결과를 바라보는지.

어제의 나를 돌아보는지, 주위를 둘러보는지.

나를 돌아보는 사람은 내가 쌓아 온 것들과 발전하는 자신을 보며 만족감을 느끼고, 내가 원하는 모습의 더 나은 나를 꿈꾼다. 그러나 주위를 둘러보는 사람은 항상 무언가에 허덕

이며 살아간다. 남들이 보기에는 전혀 부족한 게 없는데도 스스로 만족하지 못한다. 남들과 비교하며 그들보다 못한 부분을 채워야 하는 삶을 살아가기 때문에 자신의 부족한 면만 보인다.

어떤 면에서 나보다 잘난 사람은 늘 있기 마련이다. 당신역시 남들에게는 그러하다. 당신만의 장점을 부러워하는 이도 있다. 내 것이기에 별거 아닌 듯 여기지만 당신에게도 당신만의 고유하고 아름다운 장점들이 숨겨져 있다. 남보다 부족한 점을 채우는 삶이 아닌 나의 것을 쌓아 올리는 삶을 살아가야 한다. 이제 당당히 그 늪에서 나오자.

나를 사랑한다는 것은

나를 사랑한다는 것은
내가 멋진 순간에만 나를 자랑스레 여기는 게 아니다.

모두에게 칭찬받는 나를 칭찬하는 게 아니다.

고꾸라져 주저앉아 뚝뚝 눈물 흘리는
나의 눈물을 닦아 주며 따스히 등을 토닥여 주는 것이다.

내게 묻은 흙먼지를 털어 주고,
정성스레 목욕물을 받아 주는 것이다.

모두가 나를 비난할 때
내 귀를 막아 주는 손이다.

사랑은 가장 사랑하기 어려운 순간을 품어 주는 일이기에.

어여쁜 비밀

인정받으려 노력하지 말 것. 나의 인정만으로도 충분히 나답게 살아갈 수 있다는 걸 잊지 말 것. 나만 아는 나의 장점을 만들어 둘 것. 그들이 모르는 나의 사랑스러움, 자랑스러움을 만들 것. 그걸 나만을 위한 자랑으로 남겨 둘 것. 나의 빈틈을 어여쁘게 여길 것. 그것을 알고, 노력하고 있는 당신은 어여쁘니. 당신만의 세계를 굳건히 지키고, 당신만의 매력적인 색으로 아름답게 살아갈 것.

눈에 띄지 않겠다며 색을 잃습니다.

나서지 않겠다며 목소리를 잃습니다.

무난하게 살겠다며 길을 잃습니다.

당신만의 아름다움이 깃든 색을

무채색으로 덮어 버리지 않길.

다채로운 당신의 색이 아름답습니다.

당신만의 고유한 모습이 더욱 매력적입니다.

답을 내려 줄 수 있는 사람

고민이 생기면 여러 사람에게 물어보지만,
정작 나에게는 어떻게 하고 싶은지 묻지 않는다.
답을 내려 줄 수 있는 사람을 찾아 헤매지만,
그 사람이 나라는 것은 알지 못한다.

필요한 것은 타인의 조언이 아닌 마음의 소리다.
찾아야 할 것은 정답이 아닌 내가 원하는 선택이다.
질문을 적어 내려가자.

그리고 나에게 묻자.

진정 원하는 것이 무엇인지.
마음 깊이 품고 있는 것을 말할 수 있도록.
나다움을 쌓아 갈 수 있도록.
내가 원하는 삶을 만들어 갈 힘을 기를 수 있도록.

나에게 묻자.

행복해야 하는 이유

버려 내기 급급한 하루를 살다 보면
모든 것이 무가치하게 느껴질 때가 있습니다.

행복은 눈앞에 닥친 불행에 가려져 보이지 않고,
행복했던 추억들은 그저 지나간 시간으로 남아 버린 때.
왜 행복해야 하는지 의문이 드는 때가 있습니다.

하지만 기억해야 합니다.

맑은 눈으로 예쁜 웃음을 짓고,
많은 사람에게 사랑을 나누어 줄 수 있고,
소중한 사람들에게 온정 어린 말을 건네는 다정함을 지니고,
스스로 지켜 내며 살아가는 것은
행복한 추억들이 내 안에 녹아 있기 때문이라는 걸.

순간은 지나가지만 감정과 기억은 가슴에 남습니다.
스며들어 나라는 사람이 됩니다.

내가 되어서 알아볼 수 없지만,
미처 알아보지 못해도 쌓이고 있다는 걸 믿어 주세요.

기나긴 시간이 지나고 돌이켜 보면 많이 머금었다는 걸,
잘 쌓아 왔다는 걸 알아볼 수 있을 거예요.

당당한 아마추어

모든 것을 잘 해내고 싶었다. 속하는 무리에서 가장 뛰어나고 싶었고, 관심 분야는 모조리 잘하고 싶었으며, 모든 사람에게 사랑받고 싶었다. 하지만 이것이 나의 욕심이었다는 건 얼마 지나지 않아 깨닫게 되었다.

많은 실패를 했고, 그보다 많은 실수를 했으며, 많은 미움을 주고받았다. 모든 것이 처음이었고, 한 번의 깨달음으로는 부족했다. 도무지 정답을 모르겠는 삶 속에서 나는 인정할 수밖에 없었다.

나는 부족하고, 서투르다는 것을.

한동안 보잘것없는 사람이 된 기분에 빠져 있었다. 남들은 뚝딱뚝딱 해내는 일을 나만 못하고 있다고 생각했다. 그때는 알지 못했다. 나만이 아니라 모두 그런 과정을 겪고 있다는 걸. 우리 모두 배워 가는 중이었다는 것을.

부족해도 괜찮다. 완벽하지 않아도 괜찮다. 우리는 배워 가는 중이니까. 나의 노력을 알기에, 결국 잘될 것이라 믿는다. 시간과 노력이 쌓이고 있다는 믿음으로 조급함을 내려놓는다.

우리는 조금 더 당당해질 필요가 있다.

처음 살아 보는 인생을 이만큼 잘 살아가고 있는 것만으로도 대단한 것이다.

"아, 나 참 멋지다!"

이런 두꺼운 철판도 필요한 법이다.

혹시나 오늘의 실수가 자꾸 맴돈다면,

지난날의 후회가 나에게 말을 걸어 온다면,

당당히 말해 보자.

"그럴 수도 있지."

나에게는 너그러움이 필요하다.

처음 살아 보는 인생에는 더욱이.

흔들다리

휘청거린다는 것은,
아직 나아가고 있다는 것이다.

그 자리에 멈춰 있다면 아무런 요동도 없을 것이다.

걱정으로 밤을 지새운다는 것은,
아직 포기하지 않았다는 것이다.

당신은 나아가고 있다.
그토록 노력하고 있기에 흔들리는 것이다.
조금 휘청거려도 괜찮다.
조금 느려도 괜찮다.

출렁이는 다리를 벗어나
평온한 평지를 걷게 될 테니까.

다정한 물음

나를 드러내는 일이 익숙하지 않은 내게
많은 물음을 던지는 것.
무엇을 좋아하는지,
어떤 걸 하고 싶은지,
나를 힘들게 하는 것은 무엇인지,
나를 선명하게 표현할 수 있도록
물어봐 주는 것.

선뜻 대답하지 못하는 나를 다정히 기다려 주는 것.
나의 마음을 알아 가고,
내가 원하는 것을 찾아 가고,
희미한 나를 또렷하게 만들어 가는 것.

스스로를 잘 알고 있는 사람은 힘이 있다.

힘든 일을 헤쳐 나갈 힘,
슬픔을 이겨 낼 힘,

나를 언제나 믿고 사랑할 힘,

돌아오지 않아도 괜찮은 마음을 건넬 수 있는 힘.

나의 힘을 길러 주는 건

나에게 다정한 물음을 건네는 것.

마음의 소리에 귀를 기울이는 것.

우리를 나아가게 하는 것

애정 어린 걱정을 받았는데 신경 쓰지 말라는 짜증으로 돌려주었다. 불안하고 막막한 상황에서 주위 사람들의 걱정은 부담으로 다가왔다. 스스로 괜찮다고 달래는 와중, 들려오는 걱정은 잠재웠던 불안을 되살리기 충분했고, 걱정 가득한 어머니의 전화 한 통은 막막한 상황을 상기시켜 주었다.

걱정은 나를 아끼고, 사랑한다는 뜻이지만 안심할 수 있는 응원의 얼굴을 마주하고 싶은 것은 나의 욕심일까. 걱정된다고 말하기보단 할 수 있다는 용기를 불어넣어 주기란 어려운 것일까.

너는 할 수 있다고, 힘들 때면 돌아와도 괜찮다고, 따듯한 격려와 위로를 전하고 싶다. 불안과 걱정은 우리를 움츠러들게 하니까. 걱정이 아닌 희망을 전하고 싶다. 우리를 움직이는 건 용기와 희망일 테니까.

만나는 사람의 모습은 곧 나의 모습이 된다.
머무는 곳의 향기는 곧 나의 향기가 된다.

내게 좋은 사람과 좋은 향기를 선물하고 싶다.
멋진 사람들을 만나서 더 멋진 나를 그리고,
향기로운 곳에서 좋은 향을 입을 수 있도록.

좋은 향이 피어나는 곳에서
좋은 향을 입혀 주는 사람과 함께하자.

나도 누군가에게 그런 좋은 사람이 되어 주며
함께 향기로운 삶을 살아가고 싶다.

믿음의 방향

우리는 믿음의 방향으로 나아간다.
스스로 해낼 수 없는 사람이라 믿는다면
무엇도 시도하지 않을 것이고,
자신을 소심한 사람이라고 생각하면
사람들 앞에 서지 않을 것이다.

나는 믿는다.

원하는 모습을 구체적으로 생각하고,
할 수 있다고 믿는다면
그 모습의 내가 되어 있을 것이라고.

불안과 의심이 나를 가로막을 수도 있고,
이번마저 실패할까 두려움이 차오를 수도 있다.

한 번의 시도로는 안 될 수도 있고,
생각지 못한 변수가 생길 수도 있다.

결국 당신은

그러나, 우리는 분명 해낼 것이다.

나는 믿는다.

우리에게는 원하는 모습을 그려 낼 능력이 있다는 것을.
우리는 생각보다 훨씬 더 멋진 사람이라는 것을.

보석 같은 당신

나를 잘 모르고 좋아하는 사람이 있듯, 나를 잘 모르고 싫어하는 사람도 있다. 인간관계가 그렇다. 중요한 것은 누군가가 나를 좋지 않게 본다고 해서 내가 정말 그런 사람은 아니라는 것이다.

나의 가치는 나만이 알고, 스스로 가치를 낮추지 않는 한 누구도 그것을 깎아내릴 수 없다. 타인의 평가에 휘둘리지 말자. 타인의 평가를 통해 나를 바라보지 말자. 당신에 대해 알아가려고 노력하지 않고, 보고 싶은 면만 보며 판단하는 사람들에게 마음을 쓰지 않아도 괜찮다.

보석을 보석이라고 부르는 이유야 많겠지만, 사람들이 보석의 가치를 인정하고, 보석이라 이름을 붙였기 때문이다. 보석이라 들은 것을 보석이라 부른다. 우리는 유일하고, 빛나는 존재이니 보석이라 불릴 덕목을 갖춘 셈이다. 스스로 보석이라 여긴다면 보석이 된다. 나를 보석처럼 소중히 여기면 남들도 나를 그런 빛나는 존재로 바라본다. 타인의 시선보다 중요한 것은 나의 가치를 낮추지 않는 마음가짐이다. 보석 같은 당신이 남들의 시선에 빛을 잃지 않길. 당신이 정의한 당신을 잊지 말길.

보통이라는 단어를 지웠다.

보통조차 못한다고 생각하면 너무 초라해서.

보통을 따라가려고 하니

왜인지 모르게 부담스러워서.

보통보다 넘치면 어딘가 모르게 불안해서.

모자르면, 모자르게.

넘치면, 넘치도록.

나만의 행복 속에 살기로 했다.

내가 나의 보통이다.

흔들리지 않는 사람

나를 믿지 못하면 타인의 한마디에 휘청이게 됩니다.
나의 길에 확신이 없으면 타인의 뒤를 따라가게 됩니다.

옳다고 생각하는 길이면
걸음을 멈추지 말아야 할 때가 있습니다.

누군가 그 길이 아니라고 말해도
내가 가고 싶은 길이라고 말할 수 있는
단단함을 지녀야 할 때가 있습니다.
나는 누구보다 내가 원하는 삶을 잘 알고 있고,
누구보다 나의 행복을 바라는 사람일 테니까요.

나를 믿고, 나의 길을 떠나야 합니다.

온전한 나의 선택과 성취가 쌓여
자신에 대한 신뢰가 깊은 사람이 될 수 있도록.
흔들리지 않는 굳건함을 지닌 사람이 될 수 있도록.

나만의 길을 떠나야 할 때입니다.

나에 대한 신뢰는
온전한 나의 선택에서만 얻을 수 있습니다.

잊지 말아야 할 것

만족을 잊지 말아야 한다. 욕심은 만족을 안일로 바꾸려 들겠지만, 만족 그 자체로 느낄 수 있어야 한다. 만족과 욕심이 서로 배척하지 않도록, 둘의 부조화를 조화롭게 만들어야 한다.

만족과 안일함은 다르다. 세상이 가져야 한다는 걸 다 갖지 않아도 행복할 수 있다. 내가 추구하는 가치를 가졌는가에 달려 있으니까. 내가 귀중하다 여기는 것을 갖고 있으면된다. 원하는 것을 얻었을 때의 만족은 안일함이 아니다. 만족할 수 없는 사람은 끝없는 욕심을 채우다가 욕심에게 이용을 당하고 만다.

만족을 잊지 않고, 내가 원하는 것을 위해 나아가길.
세상이 말하는 만족이 아닌
내가 바라는 만족을 위해 살아가길.

빠져나오려는 노력

수많은 우여곡절을 마주하고 깨달은 게 있다.
모든 건 지나가지만, 없던 일이 되지는 않는다는 것.
태풍은 지나가지만,
휩쓸고 지나간 자리는 무너져 있는 것처럼.

시간에 기대어 쉬어갈 때도 있겠지만,
시간이 우리를 지켜 주지는 않는다.

지나가기를 기다리는 것보다는
그 불행에서 빨리 빠져나올 수 있는 방법을 찾아야 한다.

내리는 비바람을 다 맞을 필요는 없다.
그 자리에 남아 모든 걸 감내하지 않아도 괜찮다.
피할 수 있다면 어디로든 도망가야 한다.

최대한 상처를 적게 받도록,
나를 지켜 내야 한다.

지나갈 거라는 무심함이 아닌

한순간도 나를 방치하지 않겠다는 다짐으로 빠져나오길.

소중한 나에게 깊은 흉터가 남지 않게.

누구의 표정을 살피고 있나요

상대방의 표정을 살피는 이가 있습니다.
세심히 상대를 배려하는 이가 있습니다.
자신과의 만남이 행복하고 편안하길 바라는 마음에
상대의 표정을 자꾸 들여다봅니다.

상대의 표정이 어두워지면
만남부터 지금까지 자신의 행동을 돌아봅니다.

자신 때문에 상대의 표정이 어두운 것만 같아
무거운 마음으로 상대방의 표정을 풀어 주려 애를 씁니다.

가만히 생각해 봅니다.

상대의 표정을 살피느라 안절부절못하는
당신의 눈동자를 떠올린 적이 있나요.
상대의 기분을 생각하느라 불안해하는
당신의 기분을 살핀 적은 있나요.

우리는 너무 많은 책임을 자신에게 묻습니다.
나에게 물어야 할 책임이 아닌데도 말이에요.

이 사람과의 만남은 편안한지,
나의 기분은 어떤지, 이제 무엇을 하고 싶은지.
나의 감정을 물어봐 주어야 해요.
언제나 당신의 우선순위는 당신이어야 해요.

이제 당신을 살펴 주세요.

소나기 같은 우울

변화하는 과정에서는 기꺼이 이전의 나를 덜어 내야 한다. 때로는 어느 한구석을 떼어 내거나, 모조리 바꿔 버리는 작업이 필요할 수도 있다. 내가 떨어져 나가는 순간에 아프지 않을 사람은 없다. 그 과정에서 찾아온 우울함은 자연스러운 것이다.

변화의 시기에 찾아온 우울을 피하지 말고, 맞서자. 분명 더 나은 나를 만나게 될 테니까. 그날을 위해 용기를 잃지 말자. 지금의 우울은 소나기처럼 그치고 말 테니까. 당신은 원하는 미래를 얻기에 충분한 사람이다.

당신이 없다면 세상도 없어요.

당신은 곧 우주와도 같죠.

사랑하기 충분하지 않나요.

예뻐하기 충분하지 않나요.

내가 없다면

세상 또한 없는 것인데.

나를 빼면 남는 것이 하나도 없는데,

누구보다 소중하지 않나요.

무엇보다 소중하지 않나요.

그런 나를 사랑해요, 우리.

내가 없으면 무엇도 남지 않을 세상에서

나를 사랑하지 않으면,

무엇을 사랑하겠어요.

이유는 충분해요.

내가 나인 것만으로도.

자신감의 바탕

주위 사람들이 건네는 위로와 조언은 너무나 소중하고 고맙지만, 그것을 따를 수 없는 때도 있다. 그들이 바라보는 단편적인 상황과 내가 살아 내고 있는 세상은 다르기 때문이다. 많은 조언과 위로 속에 살아가고, 지혜와 힘을 얻지만 결국 나의 힘듦은 내가 해결해야 한다. 무수한 선택들에 대한 답은 내가 내릴 수밖에 없다. 그 누구도 나를 대신할 수는 없다.

그럼에도, 그들의 걱정과 지지가 큰 힘이 되는 이유는 그 조언 속에는 무엇보다 나를 아끼는 마음, 나를 향한 진심 어린 애정이 녹아 있다는 것을 알기 때문이다. 해결해 주지 못한다는 것을 앎에도 불구하고 나를 위해 고민해 주고, 격려해 주는 소중한 사람들의 가치를 잊지 말자. 나의 성취에는 그들의 지지에서 나온 자신감과 힘이 녹아 있을 테니.

롤러코스터

감정의 중심이 상대에게 가 있는 건
롤러코스터를 타는 것과 비슷했다.

상대의 행동에 따라 기분이 올라갔다 내려갔다.

내 감정을 내가 움직이지 못하고,
상대의 행동과 기분에 따라 움직였다.

나에게 하는 말과 사소한 행동에 의미를 갖고,
나를 어떻게 생각하고 있을지에 초점을 두느라
'나'는 희미해졌다.

사랑한다는 것은 나를 내어 주는 것이 아니다.
나의 감정과 일상을 지키며 함께하는 것이다.

나의 중심은 나에게 있어야 한다.

처음은 언제나 두려운 법이니까

변화를 꿈꾸지만, 선뜻 바뀌지 못하는 자신을
한심하다는 듯이 바라보고는 한다.
변화하고 싶으면 행동하라는 말은 맞는 말이다.
행동해야 바뀔 수 있는 여지가 생기니까.

하지만 변하고 싶다는 의지를 품은 순간,
꿈을 그린 그 순간은 분명 내가 변화를 시작한 순간이다.
당장 눈에 보이지 않지만,
그것은 나에게 찾아온 변화의 시작이다.

우리는 변화하고 싶은 '내가' 생기는 순간부터
그 모습에 가까워진다.
망설임과 두려움이 가로막고 있을지라도,
어떠한 이유로 당장 실행하지 못하고 있더라도,
당신은 이미 그곳을 향하고 있다.

머릿속에 그린 '나'에게 향하고 있다.

결국 당신은

변화의 시작을 따스한 시선으로 지켜봐 주길.
더 높이 뛰기 위한 도움닫기 중일지도 모르니까.

주저하는 나를, 망설이고 있는 나를,
조금만 더 여유롭게 기다려 주길.

꿈꿔 왔던 '나'를 위해 내딛는 첫걸음이 될 테니까.

응원을 먹고 자란 우리

누군가는 불가능하다고 말할 수 있지만, 난 믿는다. 사람
은 바뀔 수 있다.

바꾸려고 하는 것과 바뀔 수 있도록 돕는 것은 다르다. 나
의 기준대로 바꾸려 하면 바뀌지 않겠지만, 바뀌려고 노력하
는 사람에게 손을 뻗는다면, 차츰 변화하는 모습을 볼 수 있
을 것이다. 그 사람이 꿈꾸던 모습을 알게 될 것이다.

서로가 원하는 모습으로 바뀔 수 있도록 손을 뻗는 것이
진정한 응원 아닐까.

나 역시 못하겠다 싶은 순간을 주위 사람들 덕에 이겨 낼
수 있었다. 자신 없고 막막했던 순간, 주위 사람들의 열렬한
응원은 나의 자신감이 되어 주었다. 그뿐일까. 힘든 순간을
버틸 수 있게 도와준 사람들 덕에, 아낌없는 응원과 지지를

건네준 사람들 덕에, 자기 일처럼 발 벗고 나서 준 사람들 덕에, 지금의 내가 됐다.

우리도 결국 누군가의 응원과 위로를 먹고 자라났다. 우리에게도 힘이 있다. 한 걸음이 어려워 망설이는 이에게 용기와 희망을 전할 힘이. 더 나은 사람이 되기 위해 노력하는 이에게 지지와 응원을 건넬 힘이. 열렬한 응원을 전하고 싶다. 희망이라는 씨앗은 사람에게서 얻어지니까. 서로의 마음에 희망을 심어 주는 우리가 되길.

틀리지 않는 선택

선택 뒤에 후회와 아쉬움이 줄줄이 따라온다.

사소한 일은 금방 잊히지만,
중요한 문제라면 마음 깊이 후회가 자리하고,

점점 더 선택의 기로에서 길을 잃는다.
아무것도 보이지 않는다.

후회와 아쉬움을 피하고 싶다는 생각에 빠져
원하는 것을 생각할 겨를이 없다.

아쉬움을 피하기 위한 선택은
더 큰 후회와 아쉬움을 남기고 만다.

선택 뒤에 따라오는 감정을 의연하게 잘라 내야 한다.
원하는 것을 택했다면 후회와 아쉬움은
기꺼이 받아들이겠다는 용기가 필요하다.

후회와 아쉬움은 늘 있기 마련이다.

결국 당신은

그것들을 피하려고

내가 원하는 것을 놓치지는 말자.

틀린 선택은 없다.

내가 원하는 선택을 쌓아 가자.

II

존재만으로
고마운 너라서

나를 사랑하려는 노력

있는 그대로의 나를 사랑하기 어려운 이유는

조건을 충족해야만 나를 사랑할 수 있다고 생각하기 때문
이다.

조건이 충족되어야 한다는 생각에 빠지면 있는 그대로의
나를 사랑할 틈이 없다. 아담한 집에 살아도 나의 공간을 애
정하고, 자가용 없이도 지하철의 풍경을 즐긴다면, 아직 이루
지 못해도 그 과정에서 행복감을 느낀다면, 나를 사랑해 주
고 지지해 주는 이들과 마음을 나누며 살고 있다면 잘 살고
있는 게 아닐까. 모두가 추구하는 것이 다르고, 중요시 여기
는 가치는 다르니까.

내 기준의 만족과 행복이면 충분하다.

조건과 자격의 무게에 짓눌리다 보면 나를 사랑하는 마음
이 희미해질 수밖에 없다. 나를 사랑하는데 조건과 자격 따

위는 필요 없다. 나를 아끼고, 나를 소중히 여기고, 내가 바라는 모습이면 된다. 존재 자체만으로 사랑받을 자격이 있다는 것을 믿어 의심치 않길.

잦은 행복과 함께

행복해지는 방법은 생각보다 간단할지도 모른다. 좋아하는 걸 늘려 가는 것이다. 시선이 닿는 곳곳에 애정하는 게 많아 지면 삶이 풍성해진다. 미움 없이 세상을 바라볼 수 있다면 삶이 짙어진다. 미워하는 마음 없이 좋아하는 것들로 채워진 세상을 살아가는 것이다. 좋아하는 걸 넘어, 사랑하는 게 많 아졌으면 한다. 사랑하는 사람, 계절, 문장, 단어, 공간, 음악, 일 그리고 가장 소중한 나. 당신에게 풍성한 행복을 안겨 줄 테니. 늘 행복할 수 없지만, 잦은 행복 속에 살아가길 바란 다. 곳곳에 깃든 사랑이 행복이 되어 주길.

경험을 선물한다는 것

하고 싶은 것이 없을 때는 거창한 욕심을 부리기보다는 소소하게 취미를 붙여 보는 것도 좋습니다. 깊숙이 잠수하겠다는 다짐보다는 발을 담가 보겠다는 가벼운 마음. 하고 싶지 않기보다는, 잘 해낼 자신이 없을지도 모릅니다.

다양한 걸 접하며 어떤 부분에 호기심이 피어났는지, 무엇을 할 때 시간이 가는 줄도 모르고 빠져들었는지 관찰해 보아야 합니다. 나에게 새로운 세상을 알려 주는 시간을 가져야, 무엇을 하고 싶은지 알 수 있습니다. 시도해 보는 시간이 헛되지 않음을 믿고, 지금의 시도가 쌓여 성장할 나를 믿고, 천천히 찾아가길 바랍니다. 나를 알아 가는 시간이 될 거예요. 무엇을 하고 싶은지는 무엇을 해 보며 알게 될지도 모릅니다.

꿈은 내게 먼저 찾아오지 않아요.

행복 상자

인생에는 행복과 불행이 공존한다.

누구에게나 마찬가지다.

멀리서 보면 희극, 가까이서 보면 비극이라는 말처럼

타인의 인생은 행복으로 가득 찬 것처럼 보일 뿐.

당신에게도 남들만큼의 행복이 찾아오고,

남들에게도 당신만큼의 불행이 찾아들 것이다.

나만 괴롭다는 자기 연민에 빠지면

찾아오는 행복을 알아보지 못한다.

스스로를 불행한 사람으로 여기기 때문에

나에게 행복이 찾아올 리가 없다며,

내 앞으로 온 행복을 돌려보낸다.

잘못 배달된 택배처럼.

존재만으로

당신은 불행한 사람이,

불행해야만 하는 사람이 아니다.

부디 당신 앞으로 온 행복 상자를 돌려보내지 않길.

행복 상자를 당연하게 나의 것으로 받아 드는 그런 사람이 되길.

당신에게는 행복한 웃음이 가장 어울리니까.

행복을 예민하게 포착하고,

불행은 둔감하게 흘려보내는 것.

조금 더 행복해지는 방법.

나를 위한 비움

누군가를 사랑하는 것은 나를 행복하게 만들지만,
누군가를 미워하는 것은 나를 불행하게 만든다.

원치 않는 용서를 하거나,
그 사람을 끌어안으려 애쓰지 않아도 괜찮다.

미움만 비워 내자.

그 사람을 위한 것이 아닌, 나를 위해.
행복과 기쁨이 들어갈 공간을 만들기 위해
미움을 흘려보내자.

여린 당신이 미움의 무게를 감당하지 않길 바란다.
누군가를 미워하는 순간마저 힘들어할 당신을 알기에,
미움을 안고 살아가지 않길 바란다.

이유 없는 눈물은 없다

그런 때가 있었다. 툭, 치면 눈가에 눈물이 잔뜩 고이던 때. 참으려 고개를 들어 천장을 봐도 툭툭 눈물이 떨어지던 때. 그때의 나는 눈물을 흘리며 생각했다. "아, 내가 왜 이러지."

우리가 가장 먼저 습득한 의사 표현은 울음이다. 누가 알려 주지도 않았는데 울음을 터트리며 생을 시작한다. 어쩌면 울음은 가장 강력하고, 중요한 의사 표현이 아닐까. 배우지 않아도 알아야 할 만큼 중요한 표현이 아닐까.

툭, 하고 떨어지는 눈물은 그냥 나오는 것이 아니다. 이유 없는 눈물은 없다. 나의 신호이다. 마음속 깊은 곳에서 쌓여 온 힘듦이 터져 나온 것이다. 흐르는 눈물을 외면하지 않길. 나를 돌보는 시간을 갖길. 내 앞에서 울고 있는 아이를 외면하지 못하는 측은지심으로, 나를 달래길.

존재만으로

웃음을 지키며 살아가자

우리 유머를 잃지 말고 살아가자.
나를 찔러 오는 현실과
여기저기서 날아오는 송곳 같은 말에
유머를 입혀 둥글게 받아들이며 살자.

모든 건 지나갈 테니,
지나갈 일에 웃음을 뺏기지 말자.

벼랑 끝처럼 느껴질지라도,
이까짓 일은 별거 아니라고 웃으며 말하고 싶다.

나의 실없는 한마디가,
그 상황을 이겨 낼 자신감을 심어 줄 것이라 믿기 때문에.

시간이 흐른 뒤, 지금을 돌아봤을 때,
그때 참 잘 이겨 냈다. 말할 수 있도록.
지나갈 일에 너무 많은 눈물을 쏟지는 말자.

웃음을 지키며 살아가자.

감정의 파도

감정의 파도에 빠졌을 때 선택을 하면 아픈 후회를 남겼다.

갑작스레 나를 덮쳐 온 감정을 감당하기 벅차서 도망치듯 선택했다.

순간의 감정과 기분에 빠져, 이성적인 선택을 하지 못했다.

많은 후회의 순간을 마주하고 나서야 알게 된 건 감정은 지나간다는 것이다.

감정에 치우친 선택은 그 '순간'의 기분에만 도움이 되었다.

순간이 지나가고, 남겨진 것은 후회와 자책이었다.

감정에 휩쓸리지 않는 지혜가 필요하다.

파도가 잠잠해질 때까지 차분히 기다리는 현명함이 필요하다.

고민하는 순간이 힘들어서 해치우듯 선택하거나,

감정의 파도에 떠밀리듯 선택하지 않아야 한다.

요동치던 감정이 잠잠해졌을 때 선택을 해도 늦지 않다.

파도가 거칠 때는 배가 올바른 방향으로 나아가기 어려운 법이다.

　고요한 바다를 마주했을 때, 비로소 내가 원하는 방향으로 나아갈 수 있을 것이다.

앞으로만 흐르는 시간

후회로 뒤덮일 때가 있다.
시간을 돌이키고 싶을 때가 있다.

과거가 미래를 가로막고는
앞으로의 나도 바뀔 수 없을 거라고
말하는 것만 같은 때가 있다.

펼쳐진 세상을 살아갈 용기와 희망을 잃고,
지나간 시간 속에 살아간다.

하지만,
사람은 배우며 성장한다.
지금의 후회와 아쉬움은 배움의 결과다.
시간을 돌릴 수 있다면
다르게 살아 내고 싶다는 생각은 경험을 통한 성장이다.

앞으로의 시간을 어떻게 채우는지가 중요하다.
시간은 앞으로만 흘러간다.

앞으로 흐르는 시간에 반하여,
뒤로 돌아가려고 노력하지 말자.

앞을 바라보자.
아직 남았다.
아직 한참 남았다.
당신의 시간은 계속되고 있다.

이 시간을 다시, 후회와 아쉬움으로 물들이지 않길.
펼쳐진 세상을 살아가길.

혼자 아픔을 달랬던 날들

타인의 아픔을 잘 어루만지는 사람은, 홀로 아픔을 감당하는 것이 얼마나 힘든지 알고 있다. 자신과 같은 경험을 하지 않도록 아픔을 덜어 주고 싶은 것이다. 아픔을 아는 사람이 주는 위로는 다르다. 진심을 꾹꾹 눌러 담은 손은 뜨겁다. 더이상 아픔을 숨기지 않아도 된다는 편안함, 눈물을 이상하게 여기지 않는다는 안도감, 아픔을 방관하지 않는다는 따듯함에 꾹 참고 있던 눈물이 터져 나온다. 펑펑 울라며 등을 토닥이는 손은 눈물을 닦아 주는 손과 같다.

홀로 견뎌 냈을 당신의 아픔을 보듬어 주고 싶다. 얼마나 아팠는지, 얼마나 힘들었는지. 목이 메어 말을 멈추더라도 끝까지 당신의 이야기를 듣고 싶다. 혼자 삼킨 눈물을 닦아 주고 싶다. 기나긴 아픔의 시간을 알아주고 싶다. 당신이 홀로 아픔을 달랬던 시간을 뒤늦게나마 보듬어 주고 싶다.

존재만으로

과거의 아픔이 자꾸만 나의 발목을 잡는다면,
그 아픔을 외면해서는 안 된다.
다시 그 시절로 돌아가서
작은 아이를 끌어안고 말해 주어야 한다.

많이 힘들었지.
많이 아팠지.
너의 잘못이 아니야.

없어지지 않더라도 옅어지게 만들 수는 있다.
기꺼이 마주하고 끌어안기를.
그 시간마저 나의 삶이니까.

돌아온 영웅

"내가 갑자기 왜 이러지." 싶을 때가 있다. 갑작스레 찾아
온 무력감, 이유 없는 우울을 마주하고, 이겨 내지 못하는 나
를 바라보면 당혹스러울 때가 있다.

어쩌면 그건 갑작스레 찾아온 것이 아닐지도 모른다. 그전
까지 힘들지 않았던 게 아니라, 스트레스를 받지 않은 게 아
니라, 현실에 치여 나를 돌아볼 틈이 없던 것이다. 마음이 힘
든 줄도 모르고, 몸이 상하는 줄도 모르고 살아온 것이다.

전쟁에서 돌아온 영웅에게 휴식을 대접하듯, 나에게 휴식
을 선물할 시기다. 충분히 나를 보살펴 주는 시기. 여태 버텨
온 나를 대견히 여기고, 자랑스러워해야 한다. 영웅을 홀대하
지 않듯, 그렇게 나를 보살피자. 충분히 쉰 영웅이 다시 전쟁
에 나설 수 있도록.

존재만으로

지금을 살아가기로 했다

만약이라는 단어로 시작하는 문장은 늘 마음을 저리게 만든다. 아쉬움과 후회가 덕지덕지 묻어 있는 문장을 뱉고 나면, 나의 무능함으로 모든 걸 놓쳐 버린 것만 같다. 하지만 만약이라는 단어는 형태 없는 이상일 뿐이다.

이상은 언제나 현실을 압도한다.

상상과 현실을 비교하며 나를 갉아먹지 말자. 지금이 나의 최선이다. 더 나은 미래는 지금 얼마만큼 최선을 다할 것이냐에 달렸다. 현실을 마주하고, 원하는 미래를 위해 지금을 살아가자. 만약이 아닌 지금 할 수 있는 일을 떠올리자. 가득했던 아쉬움 만큼 모든 노력을 쏟아붓자.

혼자 노력하는 관계

관계를 부여잡고 있는 이들이 있다.

홀로 감내하고, 체념하는 것에 익숙해져
어그러진 관계 속에 자신을 방치하고 만다.

균형 잡힌 관계는 함께 노력한다.

함께 고민하고, 서로를 다독이고,
앞으로의 우리를 그리며, 손을 마주 잡고 나아간다.

혼자 쥐고 있는 관계에 지쳤다면 놓아야 한다.

놓았을 때, 끊어지는 관계라면
끊어진 줄을 붙잡고 있었는지도 모른다.

건강한 관계는 각자의 몫을 알고,
서로의 몫을 도우며 함께 나아간다.

당신의 모든 마음을 함께해 줄 좋은 인연이 있을 것이다.

혼자 마음 앓이 하게 두지 않는 다정하고 섬세한 사람이
있을 것이다.

당신을 캄캄한 방안에 혼자 두지 않길.

문을 열고 나와 파란 하늘을 마주하길.

사랑받지 못했던 때

사랑받은 애들은 티가 난다는 말이 그토록 싫었다. 어릴 때 사랑을 부족하게 받은 사람은 따라갈 수 없다고 말하는 것 같았다. 말은 참 무서워서, 어떤 때는 사랑받지 못한 애들은 티가 난다는 말로 바뀐다. 나를 따라다니는 어린 시절의 그림자를 사람들에게 들킬까 두려웠다.

하지만 이제는 안다. 그 시절 필요했던 사랑은 타인에게 얻을 수 있었지만, 지금 필요한 사랑은 내게서 얻을 수 있다. 지금이라도 채워 갈 수 있다. 그들이 말하는 것을 나라고 대입하며 혼자 상처받을 필요가 없다. 그들의 눈을 의식하며 사랑을 채우려 하지 않고, 나를 위해 나를 사랑하며 살아가고 싶다.

과거의 행복을 놓쳤다고 해서 지금의 행복도 놓치라는 법은 없다. 선택권이 없던 때는 지나갔다. 이제 나의 행복은 나의 선택이다. 사랑을 넘치는 사람으로 만들어 주어야지. 오늘도 애정을 가득 담은 시선으로 나를 바라보아야지. 정성스러운 저녁 식사를 대접해야지. 차곡차곡 사랑을 쌓아 그때의 부족함은 잊어버릴 만큼 사랑이 넘치는 사람으로 만들어 줄 것이다.

모두가 거쳐 가는 것

나만 못 해낸다.
나만 불행하다.
나만 못났다.
생각하는 것만큼
나를 갉아먹는 생각도 없다.

나만 그런 게 아니다.
우리 모두 그런 과정을 거치며 살아간다.

누군가 내게 자신도 그런 경험이 있다며
위로를 건넬 때
힘이 나는 이유는

나만 못났기 때문이라는 생각이
잠재워졌기 때문 아닐까.

우리는 어쩌면 벌어진 상황보다
내가 못났다는 생각 때문에

괴로운 걸지도 모른다.

나만 못 해내고 있다는 자책 때문에

힘든 걸지도 모른다.

당신은 결코 못나지 않았다.

당신만 그런 게 아니다.

우리 모두 그런 시절을 겪으며 살아가고 있다.

점점 숨기게 되는 아픔

언제부터인가 힘든 일이 생겨도 주변 사람들에게 털어놓지 않고, 홀로 감당하게 되었다. 어두운 에너지를 전가하는 것이, 밝은 분위기를 깨는 것이 미안한 마음이 들기도 하지만 진심을 털어놓았을 때 돌아올 상처가 두려워서. 순간의 가십거리로 여겨질지도 모른다는 생각에 입을 꾹 다문다.

홀로 버텨 내는 것보다 외면이 더 아픈 법이니까.

누군가에게 힘듦을 털어놓는 건 결코 쉽지 않다. 그럼에도 힘듦을 내비치는 사람들은 절실한 마음으로 손을 내밀고 있는 걸지도 모른다. 아무리 덤덤하게 이야기할지라도 그 속은 문드러졌을지도 모른다. 그 사람에게 마음을 활짝 열어도 괜찮다는 믿음을 심어 주고 싶다. 너는 혼자가 아니라고, 나도 함께하겠다고 말해 주고 싶다.

존재만으로

주저앉아 있는 서로를 일으켜 주며 살아가고 싶다.

오늘은 내가, 내일은 네가 손을 내미는 세상이길 소망한다.

혼자가 아니라는 믿음으로 든든하게 살아가고 싶다.

꽃을 사는 이유

내가 미운 날이면 꽃을 산다.
나에게 꽃을 선물한다.

시들어 버릴 꽃을 선물한다는 것은
나에게 최고의 사치이기 때문이다.
내가 전하는 가장 화려한 마음이기 때문이다.

나에게 꽃을 받고 나면
내가 좀 괜찮은 사람이 된 기분이 든다.

꽃을 사러 갔던 건
나에게 꽤 괜찮은 사람이라고
말해 주고 싶었던 건지도 모르겠다.
너는 내가 줄 수 있는
최고의 사치를 누릴 자격이 있는 사람이라고.

존재만으로

간절히 원하는 것

무언가를 위해 간절히 노력할 때면
가진 것보다 가지지 못한 것,
장점보다 부족한 점에 집중하게 됩니다.
어느샌가 나보다 목표가 중요해지기 시작하고,
목표를 위해서라면 나의 희생은 당연하다 여기게 되죠.

이러한 시간이 길어지면
해내야 한다는 강박에 빠지기도 합니다.
모든 걸 바쳤기 때문에 목표를 이뤄서
노력의 대가를 돌려받아야 한다는 생각이 들기 때문입니다.

수많은 도전과 실패를 겪으며 깨달은 것이 있습니다.

맹목적 간절함은 욕심과 결핍으로 탈바꿈해
나를 갉아먹기도 한다는 걸.

나를 잃으면서까지,
간절해야 할 것은 아무것도 없다는 걸요.

어떤 목표든,

결국 나를 위한 선택이라는 걸 잊지 말아야 합니다.

내가 원하지 않으면 언제든 멈추어도 괜찮아요.

간절함의 방향은 목표가 아닌 나의 행복이어야 하니까요.

휘발되지 않을 것들

힘들 때면 양손 가득 쥐고 있던 것들을 유리병에 고이 넣어 둔다.

미래의 내가 모든 걸 놓쳤다고 후회하지 않도록

지키는 최소한의 예의라고 할 수 있겠다.

내가 다시 나아갈 힘이 생겼을 때, 들여다본다.

남아 있는 것들을 다시 집어 열심히 살아간다.

시간이 흘렀다고 휘발될 것들은 원래 내 것이 아니었다고 생각하며,

나를 잃지 않았다는 사실에 감사하며, 할 수 있는 일에 집중한다.

잠시 놓았다고 사라질 것들은 내 것이 아니었는지도 모른다.

잠시 쉬어 가도 괜찮다.

내 것이었던 것들은 그 자리에 남아 있을 테니.

도전의 가치를 잊지 말 것

어떤 사람들은
다양한 도전을 하는 사람을
끈기 없는 가벼운 사람이라 말한다.

자신을 위해 원하는 것을 알아 가고,
다양한 걸 시도하는 멋진 사람을
포기하는 사람으로 만들어 버린다.

타인이 정의한 인내와 끈기에 주눅 들지 말고,
스스로를 나약한 사람으로 생각하지 말자.

한 번뿐인 인생을 다채롭고 풍성하게 채워 가는
당신의 노력을 바라봐 주자.
당신은 누구보다 자신만의 행복을 찾기 위해
노력하는 멋진 사람이다.
아름다운 도전이 타인의 정의로 폄하되지 않길.
당신의 도전은 충분히 가치롭다.

잠들기 전, 나에게

누군가에게 좋은 사람이라고 불리는 것에 만족하지 말고,
나에게 가장 좋은 사람이 될 것.

하루를 돌아봤을 때 타인과의 관계에 대해 후회하지 말고,
내 마음이 다치는 순간을 지켜 주지 못해 아쉬워할 것.

나를 잃으며 타인에게 다정하지 않을 것.
누구보다 나를 소중히 여길 것.

중요하지 않은 일을 신경 쓰느라
가장 중요한 나를 놓치지 말 것.

자책으로 이 밤을 물들이지 말 것.
충분히 잘 해낸 당신을 보듬어 줄 것.

좋은 것들만

지속적인 시간과 시선은 내게 스며든다. 켜켜이 쌓이는 기억은 내 삶이 된다. 그렇기에 내게 좋은 말을 자주 전하고, 좋은 경험을 선물해야 한다. 이를테면 성취, 인정, 확신, 만족, 행복, 기쁨 등. 나를 소중하고 귀한 사람이라고 알려 주는 것만 같다. 마주하는 모든 것들은 내 안에 스며들어 나라는 사람이 된다. 나에게 좋은 것들만 심어 주자. 좋은 순간들을 선물하자. 좋은 인연과 만남을 가꾸어 가자. 그 순간들이 모여 나의 삶이 될 테니.

존재만으로

흐르는 물에 몸을 맡기고

늘 함께할 거라 확신했던 사람이 있다. 지금은 어떻게 지내는지 모르지만. 잘 지내는지, 아픈 곳은 없는지, 꿈꾸던 목표는 이뤘는지 묻고 싶으나 도무지 연락할 방도가 없다. 우린 그렇게나 가까웠지만 이렇게나 멀어져 버렸다. 모든 것들은 내 마음대로 흘러가지 않는다. 그저 흐를 뿐이다. 다시는 사랑하지 않겠다는 다짐이 무색하게 없어선 안 될 인연이 생기고, 누구도 나를 이해하지 못한다는 확신을 비웃기라도 하듯 나를 진심으로 포용하는 이가 생겼다. 혼자 지내는 게 제일 좋다고 말했던 내 입은 어느새 그들의 이름을 부르며 잔뜩 휘어져 버리고, 혼자라 생각했던 삶에는 무엇과도 견줄 수 없는 소중한 사람들로 그득하다. 다짐과 확신을 뒤로하고 마주하는 사람에게 최선을 다하게 된 이유. 내가 할 수 있는 일은 내 품에 들어온 사람들을 귀하게 여기고, 새로 알게 된 이에게 호기심을 갖고, 아닌 인연에 상처받지 않는 것. 상처받은 나 말고, 안 맞았던 우리로 남겨 두는 것이다. 그것이 내가 할 수 있는 전부일지도 모른다는 생각이 드는 밤이다. 자연스레 멀어졌던 친구와 우연히 가까워진 오늘이라.

행복은 행복을 부른다

모든 시작에는 끝이 존재한다. 흐릿하여 보이지 않지만, 어느 순간 또렷이 다가온다. 인연도 마찬가지. 끝이 없을 것처럼 함께하지만, 멀어진 우리를 발견하는 순간이 온다. 우리는 그것을 어떠한 형태로든 경험해 보았다. 어릴 적 소꿉친구, 찬란한 학창 시절을 함께 보낸 친구, 처음 만난 연인.

모두 끝을 생각하지 않고 만났다.

다양한 형태의 이별을 마주하고 커다란 슬픔을 겪은 우리는, 어느새 시작이 아닌 끝에 초점이 맞춰져 있다. 끝날 관계라면 시작하고 싶지 않다는 생각이 든다. 이별의 순간은 언제나 감당하기 힘들 만큼 아팠기 때문에.

그러나 만남에는 필연적으로 이별이 존재한다. 그렇기에 이별을 피하려고 애쓰기보단 이별까지가 만남이란 걸 인정하는 자세가 필요하지 않을까. 이 필연을 알고도 시작하는 용기와 받아들일 수 있는 성숙은 우리를 마음껏 사랑할 수 있게 만들어 줄 테니.

함께하는 이 순간에 집중하는 것이야말로 소중한 사람과 오래도록 함께하는 방법이라 믿는다. 지금의 행복이 앞으로의 행복을 이어 줄 거라는 믿음으로, 불안은 흘려보내고 곁에 있는 행복을 놓치지 않길.

후회를 놓아 주는 법

만약 기억이 지워진 채
다시 그때로 돌아간다면
다른 선택지를 고를 수 있을까?

확신할 수 없을 것이다.
그때는 그게 최선의 선택지로 보였을 테니까.

우리는 매 순간 최선의 선택을 하기 위해 노력한다.

그 당시 선택이 당장은 잘못되었다고 느낄 수 있지만
시간이 흘러, 예상치 못한 흐름을 등에 업고 좋은 일을 안
겨다 줄지도 모른다.

후회보다는 나의 선택을 만족스럽게 만들기 위해
노력하는 시간을 보내야 한다.
선택을 돌아보는 지금 이 순간도
당신은 최선을 다하고 있다.

이제 그만 선택에 마침표를 찍어 주자.

오늘의 나는 어제까지 쌓아 온 모습이다.

미래의 나는 지금부터 쌓아 갈 모습이다.

바뀌고 싶다면 지금의 나를 바꾸어야 한다.

더 멋진 나를 꿈꾼다면

오늘 할 수 있는 멋진 나를 위한 일을 하면 된다.

한 번에 욕심을 채우려 하지 말고,

천천히 쌓아 가자.

촘촘히 쌓은 나는 쉽게 무너지지 않는다.

오늘의 몫을 놓치지 않도록

나를 불행에 빠트린 일들은
대부분 예상치 못한 순간에 일어났고,
예상한 적 없는 일들이었다.
예상할 수 있는 범위의 일은 곧잘 해결했다.

손을 뻗으면 잡을 수 있는 행복을 두고,
미지의 일을 상상하며 많은 시간을 보낸다고
더 행복해지지는 않았다.
되려 무서운 것만 늘어 갔다.

조심은 나를 위험으로부터 지켜 주지만,
걱정은 나를 행복으로부터 멀어지게 만든다.

일어날지도 모르는 일들을 걱정하느라
허비한 시간은 되돌아오지 않는다.

내가 통제할 수 있는 건 오늘의 내가 할 수 있는 일뿐이다.
미지의 일은 미래의 나에게 맡겨 두자.

오늘의 나는 미래의 나를 위해
오늘의 행복을 놓쳐서는 안 된다.
미래의 내가 이겨 낼 수 있도록
힘을 비축해 두어야 한다.

오늘 내 몫의 행복을 놓치지 않길.
미래의 내가 이겨 낼 수 있도록 행복을 잘 쌓아 두길.

존재만으로

실패라 부르지 않길

실패를 두려워하지 않는다면
성공에는 기쁨을, 실패에는 깨달음을 얻을 수 있다.
성공하는 법은 도전하는 것이고,
도전에는 실패가 따라올 수도 있다.
하지만 그 실패까지도 성공을 위한 나아감이다.

이 길은 나와 맞지 않다는 걸 깨닫게 된 것이니까.
가야 할 길을 알게 된 것이니까.

떠나기 전과 같은 자리로 돌아오더라도,
떠나기 전과 같지 않다.

경험을 통해 성장한 내가 되어 있을 테니까.

조금 돌아가는 삶이 두려워
움직이지 않는다면 그 자리를 벗어날 수 없다.

완벽한 방향을 잡고 걸어갈 수는 없다.

지름길일 수도 있고, 되돌아올 수도 있다.

아무도 그것을 알지 못한다.

직접 걸어 본 사람만이 안다.

돌아오게 될 수도 있다.

하지만 그것은
실패가 아닌 배움이다.

Ⅲ

너도 너를
사랑했으면 좋겠어

나에게 고맙다

펭귄은 서 있기 위해 하루 소모 칼로리의 70%를 쓴다고 한다. 서 있기 위해 절반이 넘는 에너지를 소모한다는 말이다. 안쓰럽다는 생각도 잠시, 나는? 나의 일상은? 별반 다르지 않았다. 나 역시 일상을 위해 비슷한 양의 에너지를 소모하고 있었다. 자잘한 가사 노동과 경제 활동, 그 사이사이 정신적 소모까지. 일상을 지켜 내는 것만으로도 하루 쓸 수 있는 에너지의 절반 이상을 써야 한다.

한편으로는 위안이 되기도 했다. 일상을 보내는 것만으로도 이렇게나 많은 에너지를 쓰는데 거기에 이런저런 사고들이 보태지니 힘든 건 당연했다. 나는 혼신의 힘을 다해 살아왔던 것이다.

문득 나에게 고맙다.
잘 살아 내 주어 고맙다.

너도 너를

펭귄이 몽땅한 두 다리로 미끄러운 빙판길을 걷는 것처럼,

여린 마음으로 험난한 세상을 이렇게도 잘 살아 내 주어

고맙다.

나를 챙기는 연습

나를 지키려는 노력이 필요하다. 나를 가장 중요하게 생각하는 마음은 어떠한 상황에서도 나를 지킬 수 있는 보호막이 된다. 나를 가장 우선시하는 건 나쁜 게 아니라, 당연한일이다. 나의 의사를 가장 중요하게 생각하는 건 이기적인 게아니라 존중하는 태도이다. '나를 챙김'하는 것이다. 타인에게 피해를 주지 않는다면, 얼마든지 나를 먼저 챙길 수 있다. 우리는 단체를 위해, 관계를 위해, 타인을 위해, 나를 챙기지못하는 순간이 너무나 많다. 좋은 사람으로 기억되는 것보다중요한 건 나에게 좋은 사람이 되는 일이다. 나를 뒷전으로미루지 말자. 나는 나에게 가장 존중받아야 할 소중한 존재니까.

너도 나를

대체 불가능한 사람이 되는 법

대체 불가능한 사람이 되는 법이 있다.

나를 사랑하는 사람들 속에서 살아가는 것이다.

사랑이 더해지면 없어서는 안 될 존재가 된다.

사랑은 우리를 대체 불가능한 존재로 만들어 준다.

나를 사랑해 주는 사람들 속에서는 존재의 가치를 느낀다.

나를 나답게 만드는 환경이 되어 준다.

자신을 진심으로 사랑할 때도 마찬가지.

타인과의 비교를 멈추게 된다.

단점마저 사랑으로 포용하기 때문에.

나라는 사람을 누군가로 바꾸고 싶지 않기에.

퇴근 마법

회사 출입문에 나만의 마법진 하나를 그려 놓아요.
퇴근 후에는
직장에서의 힘듦을 털어 내겠다는,
온전히 나를 위한 시간을 보내겠다는,
소망이 담긴 마법진.

일하는 시간을 줄일 수는 없지만
일과의 균형을 이룰 수는 있잖아요.

퇴근길에는 오늘 있었던 일을 머리에 그리고,
집에서도 내일의 일을 준비하느라
여전히 머리는 회사에 있지 않나요?

퇴근 후에는 편안히 나만의 시간을 즐길 수 있도록.
문을 나서는 순간 마음도 가벼워지길.

직장에서의 나도 중요하지만,
나의 삶도 중요하니까.

너도 나를

내게 필요했던 말

나를 돌봐야 한다는 걸 알지만, 현실은 내게 그럴 틈을 주지 않는다. 그럴 여유가 없다며 등을 떠밀고 만다. 어떻게 이 현실을 버텨 낼 수 있을까. 고민이 많아지는 새벽이다.

"힘들 때는 쉬어도 괜찮다." 진심 어린 걱정으로 타인을 위로하지만, 정작 내게는 마음 편히 전할 수가 없다. 오늘 이 고통을 피해도, 내일이면 같은 현실이 기다리고 있다는 생각에 익숙해진 걸까. 다들 힘들게 산다는 생각에 나만 힘들지 않을 수 없다는 체념일까. 가끔 그런 생각을 한다. 나를 잃으며 얻은 것은 어떤 의미가 있을까. 내가 남지 않았는데, 내 손에 남은 것이 과연 나의 행복이 될 수 있을까.

내게도 말해 주고 싶다.

힘들 때는 쉬어도 괜찮아. 네가 제일 중요해. 너보다 중요한 건 없어.

어쩌면 내가 간절히 듣고 싶었던 말을 타인에게 건넸는지도 모르겠다.

헤매고 있다는 건
나만의 답을 찾고 있다는 것.

방황하고 있다는 건
나만의 길을 찾고 있다는 것.

힘들다는 건
더 나은 나를 위해 노력하고 있다는 것.

지쳤다는 건
그런 나를 몰라주고 있다는 것.

나와의 데이트

혼자 있는 시간을 충만하게 보내려면 나를 알아가는 시간이 필요하다. 나의 관심사와 취향, 편안해지고, 행복해지는 방식이 무엇인지 알아가는 건 나만의 시간을 행복하게 채울 기반이 된다.

나와 잘 맞는 사람을 좋아하는 것처럼,
나와 내가 잘 맞을 때 혼자 있는 시간이 즐거워진다.

혼자 있는 시간이 지루하고 우울하면
타인에게 이 시간을 맡기게 된다.
누군가와 함께해야만 행복할 수 있다는 생각이 새겨진다.

나와 잘 어울려 노는 방식을 익혀야 한다. 좋아하는 걸 찾고, 깊이 빠져드는 시간을 갖는 건 나와 나를 이어 주는 연결 고리를 만드는 것과 같다. 수많은 연결 고리가 생기는 순간, 혼자 있는 시간이 충만하게 느껴질 것이다. 깊이 사랑하는 게 많아지는 순간, 나와 단둘이 노는 시간이 기다려질 것이다.

보채지도, 말리지도 말 것

사람 마음은 말리지도 말고, 보채지도 말자.
나에게 다가오지 말라며 선을 긋지도 말고,
나를 좋아해 달라며 애정을 바라지도 말자.

함께할 사람이라면 자연스레 시간이 이어 줄 것이고,
어긋난다면 그럴 만한 이유가 있을 테니.

어찌할 수 없는 상대의 마음과 인연에
연연하지 말고, 나의 감정에 충실해지자.

내 마음대로 할 수 있는 유일한 것.
나의 행복과 감정을 따라가자.

시간의 그릇은 정해져 있어서
새로운 인연을 넣으려면
이전의 인연은 잠시 덜어 내야 한다.

하지만 마음의 그릇은 무한.
인연을 잊지 않고,
마음에서 지우지 않는다면
모든 인연은 마음속에서 영원히.

시간이 주어졌을 때,
다시 함께.

보이지 않는 배려

누군가와의 만남이 편안하다면,
상대방이 나를 위해 주는 마음이 함께하는 내내 흐르고
있다는 뜻이다.

세심한 눈으로 나를 살피며,
나를 위한 배려를 건네고 있다는 뜻이다.

침묵마저 편안하다면,
끊긴 대화 속에 서로를 생각하는
고마운 마음과 배려를 했던 시간이 채워져 있기 때문이다.

보이지 않는 배려를 건네는 사람을 알아봐 주어야 한다.
나의 행복을 곧 자신의 행복처럼 여기는 사람을 알아봐 주
어야 한다.

깊은 애정을 쏟는 마음을 소중히 여겨야 한다.

당연한 것은 아무것도 없으니까.
숨을 쉬듯 편안히 만들어 주는 그 마음을 감사히 생각하
는 우리이길.

닮고 싶은 당신

오래도록 함께하고 싶은 사람은 닮아 가고 싶은 사람이다.

뚜렷한 능력을 배우고 싶거나,
무언가를 얻고 싶은 사람이 아닌,
닮아 가고 싶은 사람.
함께 걷고 싶은 사람.

자신이 아닌 우리의 행복을 위하는 사람.
익숙함에 무뎌지지 않으려 소중함을 되새기는 사람.
어느 한쪽으로 치우치지 않고 세상을 바라보는 사람.
삶을 온몸으로 받아 내고도 미소를 잃지 않는 사람.
지나치지도, 모자라지도 않은 마음을 한결같이 전하는 사람.

난 이런 사람들을 오래도록 보고 싶다.

삶을 함께 나누고 싶은 사람들이라 부를 수도 있겠다.
오래도록 함께, 살아가고 싶다.

아버지의 칭찬

아버지는 어떤 일이든 "잘했네." 한마디로 칭찬이 끝나고, 잔소리가 이어진다. 원하는 곳에 취직하고 난 뒤 가족 모임을 했다. 의기양양해진 나는 자랑을 늘어놓았고, 아버지는 역시나 "잘했네." 한마디를 던지신 후, 앞으로의 마음가짐이 중요하다며 들뜬 나의 마음을 눌렀다.

한순간도 나를 인정해 주지 않는다는 생각에 서러움이 밀려왔다. 설움이 잔뜩 쌓인 나는 울음을 터트렸고, 그제야 아버지의 진심을 알게 됐다.

"살아 보니 웃는 날 하루를 위해 몇 년을 고생해야 하더라. 아빠는 그저 네가 평범하게, 행복하게 살았으면 하는데 그게 쉽지가 않아. 그래서 칭찬보다는 조언을 해 주게 되나 봐."

풍파를 겪으며 아버지는 칭찬보다 조언을 건네는 게 본인의 역할이라고 생각하셨던 것이다. 가족을 지키느라 감정이

너도 너를

메마른 당신에게는 그 한마디가 자신이 꺼낼 수 있는 최고의 칭찬이었다. 그 잔소리는 언제나 내가 잘못될까 노심초사했던 세월의 흔적이었다.

각자의 언어가 있다. 같은 언어를 쓰지만 그 언어 안에 담긴 마음의 깊이는 다르다. 그 말에 담긴 마음의 본질을 들을 줄 알아야 한다. 여전히 아버지의 칭찬은 한마디이지만 나를 인정해 주신다는 걸 안다. 내가 행복하길 바라는 아버지의 사랑이라는 것도 안다. 나의 앞날을 항상 마음에 두고 있다는 뜻이라는 것을 안다.

빛나는 마음

　작은 마음에도 고마움을 느끼는 사람이 있고, 커다랗고 아름다운 마음을 받았지만 받아 마땅한 것처럼 여기는 사람이 있다. 심성에 달린 부분도 있지만, 마음을 대하는 태도에 따라 달라지기도 한다.

　나를 위해 시간을 내어 주고, 나의 힘듦을 기꺼이 나눠 드는 것이 친구의 역할이라고만 생각한다면, 사랑을 건네고 언제나 한걸음에 달려와 날 안아 주는 연인의 마음이 애인의 역할이라고 여긴다면, 소중한 마음을 온전히 바라보지 못하게 된다. 한 사람이 내게 전하는 커다란 사랑을 알아보지 못한다.

　지인이라면 상상도 못 할 마음을 주고 있는 존재지만, 당연히 나에게 해 주어야 하는 관계라 생각하고 소중함을 느끼지 못하곤 한다. 어떤 사랑은 관계의 의무라는 이름으로 변해 사랑의 빛을 잃는다. 관계의 이름을 걷어 내고 그들이 내게 전하는 마음을 순수한 눈으로 바라보고, 귀하고 넘치는 사랑임을 깨달아야 한다.

어떠한 관계에서도 그래야 마땅한 건 없다. 나를 진심으로 아끼고 사랑하기에 전하는 마음일 것이다. 내게 진심을 다하는 사람들의 마음을 온전히 바라보고 감사하며 살아가자.

말에는 사람이 담겨 있다

우리는 저마다 말 습관이 있다. 무심코 내뱉는 말마저 다정하고 예쁜 사람이 있는가 하면, 대화하고 나서 어쩐지 기분이 가라앉고 마음이 불편해지는 사람도 있다. 말에는 사람이 담긴다. 어떤 생각을 품고 있는지, 어떤 사람으로 보이고 싶은지, 상대를 얼마나 깊이 헤아리는지 드러난다. 말과 표현의 중요성을 알고, 배려하는 말 습관을 지닌 사람을 곁에 두어야 한다. 부정적인 말은 아끼고, 긍정적인 말을 자주 뱉는 사람과 함께해야 한다. 사람은 말을 따라간다.

다정함은 생각보다 어려운 것

나는 선택적 다정함을 지닌 사람이라 여기며 살아왔다. 내 울타리에 들어온 사람들에게는 잘해 주고, 그렇지 않은 사람에게는 냉소적인 사람이길 바라며 살아온 것이다. 그것을 조금도 창피해하지 않은 채, 오랜 시간을 살아왔다. 그 결과는 무엇이었냐. 나는 다정하지 못한 사람이 되었고, 내 사람들도 나를 다정하다 생각하지 않았으며, 다가오는 마음을 환대하지 못해 수많은 인연을 놓쳤다.

다정함은 어려운 것이다. 적절한 온도와 과하지 않은 친절을 전하는 건 한순간에 완성되지 않는다. 평상시에 무뚝뚝한 사람이 원하는 순간에 다정함을 꺼낼 수 있다고 생각하는 건 자신의 착각일지도 모른다. 자신은 노력했겠지만, 받는 이에게는 자신이 전했다고 생각하는 온도와는 전혀 다른 온도가 전해졌을지도 모른다.

늘상 다정한 사람이 되고 싶다. 내가 건넨 마음이 돌아오지 않더라도 괜찮은 사람이 되고 싶다. 상처받고 싶지 않은 나약함, 돌려받기를 원하는 생각을 버리고, 기꺼이 다정하고 싶다. 나의 사람들에게 집중하되, 나의 사람들이 될지도 모르는 가능성을 닫지 않고 싶다.

사람은 생각보다 다정하다.

다정은 생각보다 어렵다.

다정은 생각보다 사랑스럽다.

행복에 관하여

커다란, 그러니까 대단히 특별한 상황만이
진한 행복으로 느껴지지는 않는다.
얼떨결에 다가와 신기루 같이 사라질 것만 같고,
때로는 불안이 섞여 들기도 한다.

그래서인지 편안함에서 비롯된 행복이
그토록 바라던 행복의 모습에 가까웠다.

사랑하는 사람의 품속.
가족과 도란도란 이야기 나누는 식사.
친구와 맥주 한 캔을 나누는 초여름의 모습.
아, 강아지의 발랄한 꼬리이기도 하다.

그토록 바랐던 행복은 이미 내 곁에 있었다.

잔잔하고 은은한 행복들.
거창하고 대단한 행운 같은 행복보다
진한 행복의 향을 입은 일상 속에 파묻히고 싶다.

꿈은 도망가지 않는다

꿈이 많고, 큰 사람은 좌절도 많이 겪을 수밖에 없다. 힘들다면 양손에 쥔 것들을 잠시 내려놓아야 한다. 넘어졌을 때는 바닥을 딛고 일어날 손이 먼저다. 손에 쥔 것들을 포기할 수 없다며 억지로 쥐고 있으면 일어날 수도, 나아갈 수도 없다. 잠시 내려놓을 수 있는 여유로운 용기가 필요하다. 다시 힘차게 나아갈 수 있도록, 잠시 정비를 할 시간이 필요하다. 잠시 쉬어 가도 괜찮다. 꿈은 도망가지 않는다. 당신만 나아가기로 마음먹는다면 언제든 다시 나아갈 수 있다. 잠시 쉬었다 가길.

니도 너를

우울과 성장

변화의 시기에 찾아오는 우울은
인생의 변곡점을 맞이했다는 증표이다.
우울은 편안할 때 찾아오지 않는다.
현재에 안주하고 있을 때는 우울이 다가오지 않는다.

해내고 싶은 간절함을 품고 있을 때,
잘 살아 내고 싶지만 과거의 내가
나를 방해하는 것만 같을 때,
지나온 시간이 후회될 때,
자신에 대한 의심과 능력에 대한 의문이 드는 때 찾아든다.

순간의 우울에 휩싸이지 않아야 한다.
우울은 나를 무너뜨릴 수 없다.

우울을 소화한 사람은 성장한다.
기꺼이 우울을 삼켜 내자.

상처받지 않았던 것처럼

스치는 인연이 무서워 마음의 문을 굳게 닫았던 시절이 있다. 지나갈 인연이라면 마음을 키우고 싶지 않았다. 사랑을 나누며 얻는 기쁨을 포기하고, 상처받지 않기를 택했다.

그 시절 나에게 다가오던 사람이 있었다. 내가 한 발짝 물러나면 반 발짝을 다가오는 사람. 부담스럽지 않도록 나를 배려하며, 떠나지 않는 사람이 있었다. 그는 나의 태도에 대해 서운함이나 불평을 말하지 않았다. 조심스러웠고, 섬세했다. 오랜 시간 내 곁을 맴돌며 굳게 닫은 마음을 서서히 열게 되었다.

하지만 겁쟁이였던 나는 내가 더 좋아하게 될지도 모른다는 생각에, 그도 나를 떠날지도 모른다는 두려움에 조금씩 열리던 문을 잠가 버렸다.

나도 너를

내가 겪은 아픔을 아무 연관이 없는 사람에게 전가했다. 상처받고 싶지 않아 상처를 주었다. 나의 마음을 두드리는 사람도 상처가 있었다. 하지만 그 상처를 기꺼이 감당하겠다는 용기로 다가온 것이다. 남겨진 상처보다 함께하며 얻는 기쁨과 행복을 바라보는 사람이던 것이다.

지난 과거로 새로이 다가오는 인연을 놓치고 싶지 않다.
상처받지 않기 위해, 상처를 주고 싶지 않다.
상처를 기꺼이 감당하겠다는 용기로
소중한 사람과 함께하고 싶다.
상처는 치유될 테지만, 후회는 잊혀지지 않을 테니.

나만 남은 순간

내가 불안정할 때면 모든 것이 불안정해졌다. 그런 때면 꼭 혼자가 된 기분이었다. 친구와 연인, 부모님은 같았지만, 내가 달라졌다. 그들에게 원하는 것이 많아졌다. 나의 안부를, 마음을 물어봐 주길 바라는 간절함이 생겼다. 나를 돌봐 주길 바랐다.

평소 친구가 전화를 받지 않는 일에 대수롭지 않게 넘어갔고,
애인의 주말 일정에 대해 관여하지 않았고,
부모님의 바쁜 일상을 충분히 이해했지만,
이때만큼은 불만이 쌓였다.

내가 소중하지 않은가,
나보다 더 중요한 일이 있을 수 있나 생각하며
그들을 이해하지 못했고
오로지 나의 안위만을 앞세웠다.

그들에게 서운함과 원망을 품었다.

내가 달라졌다는 이유만으로 말이다.

사람이 그렇다.

힘들어지면 나만 보인다.

너는 지워지고 나만 남는다.

주위 사람들의 행복을 위해서라도,

내가 행복해야 한다는 생각이 들었다.

이건 부담이나 어떠한 실망, 배반의 것들이 아니다.

나의 행복이 곧 우리의 행복이 된다는 걸 알게 됐다.

행복해질 이유가 하나 더 늘었다는 생각으로,

사랑하는 이들과 나의 행복을 위해

나는 더 우뚝 중심을 잡고 살아가기로 했다.

인연의 끝에서

떠나는 인연에 아쉬움을 남기지 말자 다짐하건만 마음처럼 되지 않는다. 그럴 때마다 되뇌는 말이 있다.

어릴 적 어머니가 해 주신 말.

"마지막이 마지막은 아닐 거야."

이사를 가며 소꿉친구들과 헤어졌을 때 세상이 무너지듯 울던 내게 해 주셨던 말이다. 그땐 저 말이 위로가 되지 않는다고 생각했는데, 가슴 깊은 곳에 닿았는지 여전히 남아 있다. 저 말을 되뇌면 혹시 모를 우연과 희미한 희망이 피어난다.

그래서 난 이별을 맞이해야만 할 때면 마음속으로 읊조린다.
마지막이, 마지막이 아닐 수 있어.

희미한 희망에 아쉬움을 가득 담아 본다.
그렇게라도 나의 마음을 달래 본다.

너도 너를

누군가를 떠나보내고,

혹은 잠시 멀어졌더라도

우리의 마지막이, 마지막이 아닐 수 있다.

인연이라면 어떻게든 다시 만날 수 있을 거라는 희망으로.

울음 섞인 웃음을 지어 보인다.

적절한 거리를 유지하고 싶다.
데지도 얼어붙지도 않도록.

적절한 고독을 느끼며 살아가고 싶다.
곁을 지켜 주는 이들의 소중함을 잊지 않게.

적절히 외로움을 어루만지며 살아가고 싶다.
채워 없애 버리는 게 아닌 안고 살아가는 것이니까.

은은한 온기를 주고받으며 살아가고 싶다.
고독이 고립이 되지 않게,
언제든 함께할 수 있도록.

무게가 없는 것

상대방에게 전화를 걸면 기다리는 게 힘들다. 신호음을 듣고 있으면 신경이 곤두세워져서 바로 전화를 받지 않으면 종료 버튼을 누르게 된다. 부재중을 보고 전화해 주길 바라며.

누군가는 참을성이 없다고 생각할 수 있겠지만, 어릴 적 아빠와 오빠의 목숨을 위협할 정도의 큰 교통사고와 얽혀 있는 불안 증세다. 그때마다 전화를 걸었지만, 연락이 닿지 않았고 나는 하염없이 전화를 걸었다. 받을 수 없는 상태인지도 모르고. 그날의 기억이 여전히 생생하다. 연락이 닿지 않는 그들에게 내가 할 수 있는 일은 마음을 졸이며 전화를 거는 일뿐이었다.

보이지 않는 고통이 있다.
자체가 아닌 그 너머에 있는 고통.

누군가에게 사소한 일이 나에게는 아니다. 나에게는 사소한 일이 누군가에게는 그렇지가 않다. 그 너머의 것들, 내가 모르는 그만의 세상을 존중하고 싶다. 내가 알 수 없는 타인의 고통과 나의 고통을 비교하지 않고 싶다. 각자가 짊어지고 있는 무게를 저울질하고 싶지 않다.

감정에는 무게가 없다. 누군가에게는 사소한 것이 누군가를 무너지게 만들 수도 있다. 상대의 아픔을 완전히 이해하지 못하더라도, 이해하고 보듬어 줄 수 있는 따스한 마음을 갖고 싶다. 보이지 않는 서로의 세상을 존중하며 살아가고 싶다.

니도 너를

망설이고 있다면

관심 있는 분야가 바뀌고,
새로운 것에 대한 갈망이 있는데도 불구하고,
억지로 지금의 것을 부여잡고 있지 않기를.

지금 하는 일과 영원을 맹세할 필요는 없다.
고개가 돌아간 곳으로 자리를 옮겨야 할 때가 있다.
더욱 재미난 세상이 당신을 기다리고 있을지도 모른다.

현실적인 문제에 가로막혀 당장은 어렵더라도,
마음이 이끄는 곳에 조금의 틈이라도 내어 주기를 바란다.
불씨가 꺼지지 않는다면 언젠가 이뤄 낼 수 있을 테니.

마음이 가 있는 곳으로 발걸음을 옮길 수 있길.
몸과 마음이 한자리에 있을 때,

비로소 만족이라는 단어를
나의 삶에 붙여 줄 수 있을 것이다.

강철이 아니잖아요

아득바득 버티며 살아가려고 노력했던 시절이 있다.
해내지 못하는 나를 원망하며,
힘들어하는 나를 책망하며,
나를 몰아세우며 열심히 살아야 한다고 생각했다.
나는 점점 부서져 갔다.

몇 번의 번 아웃을 거친 뒤에 깨달았다.
각자 짊어지고 살아갈 수 있는 무게가 다르다는 걸.
나의 한계를 인정해야 한다는 걸.

나를 부정하며
내가 짊어질 수 있는 것 이상을 짊어지면
무게에 짓눌려 아무것도 할 수 없었다.

우리는 강철이 아니다.

한계를 인정하고,
나를 살펴보며 할 수 있는 만큼의 노력을 해야 한다.

너도 니쁨

천천히 한계를 끌어 올리려 노력해야 한다.
예전보다 성장한 나이면 충분하다.

지금도 충분히 노력하고 있는 나를 알아주길.
부서지지 않도록 나를 지켜 주길.

나의 무기

형태 없는 괴로운 감정은 불안의 힘을 얻어 강해집니다. 정확한 이름을 붙여 주어야 합니다. 이 고통스러운 감정은 무엇인지, 왜 이런 감정을 느끼는지 알아내야 합니다. 이 감정이 무엇인지 알아냈을 때, 미지의 형태가 또렷해졌을 때, 비로소 감정을 이해할 수 있게 되고 나의 위로와 이해를 받은 감정은 진정될 것입니다.

괴로운 감정이 찾아올 때면 글을 씁니다. 글쓰기는 감정에게 맞설 수 있는 가장 강력한 무기이자 감정을 가장 섬세하게 보살필 수 있는 방식입니다. 머리로 생각하는 것만으로는 부족했습니다. 글자로 눈에 보여야 진정이 되었습니다.

내게 찾아오는 감정의 이유는 다양했습니다. 부러움을 느끼고는 분해서 울었고, 마음처럼 되지 않는 세상을 바라보며 아득함에 슬펐습니다. 이대로는 아무것도 아닌 나로 남게 될 거라는 불안함에 괴로웠습니다. 그럴 때면 나에게 찾아오는 감정과 얼굴을 맞대고 이야기를 나눴습니다. 감정을 이해하고, 보듬고, 진정시키고 돌려보냈습니다. 그러고 나서야 한결 편안한 얼굴로 잠에 들 수 있었습니다.

어쩌면 감정과 눈을 맞추는 것만으로, 마음은 위로받는지도 모르겠습니다. 감정과 대화를 나눌 수 있는 나만의 방식을 찾길 바랍니다. 당신이 한결 편안해진 얼굴로 고운 잠에 들기를 바랍니다.

평온을 위한 길

힘듦을 다루는 방법을 몰라 숨어 버리고 만다.
순간의 도망이 끝나고,
현실을 맞닥뜨리면 더 멀리 달아나고만 싶다.
언제부터인가 도망가기 바쁜 마음.

방전된 나를 충전하기 위해
잠시 도망치는 건 문제가 되지 않는다.

다시 돌아와야 한다는 걸 알고
떠나는 것은 도망이 아니다.

잠시 쉬어 갈 수 있는 시간이 될 것이다.

하지만, 삶을 대하는 태도가 돼서는 안 된다.
이리저리 도망가고 숨어 버리면
조그맣던 문제도 눈덩이처럼 불어난다.
두렵더라도 맞닥뜨리고 헤쳐 나가려 노력해야 한다.

너도 너를

이따금 좌절을 겪을 수도 있고,
대차게 넘어져서 다시 일어날 엄두가 나지 않을 수도 있다.

괜찮다.
넘어져야 일어나는 방법을 익힐 수 있고
다음에는 더 쉽게 일어날 수 있다.
뭐든 처음이 어려운 법이다.

궁극적인 평온은 내가 만들어야 한다.
스스로 만들어 낸 게 아니라면
그것은 잠시 가라앉은 흙탕물일 뿐이다.
두렵더라도 내 앞의 힘듦과 마주 서자.

IV

네가 늘
미소지었으면 좋겠어

당신의 탓이 아니다

인연은 나의 힘으로 이어지는 게 아니었다.
모든 걸 쏟아부어도, 마지막을 피할 수는 없었다.

받아들이고 싶지 않았던 수많은 이별을
온몸으로 부정하고 나서야
되돌릴 수 없다는 걸 깨달았다.

그래서인지 담담한 마음으로 이별을 마주하게 됐다.

그 모든 노력으로도
돌이킬 수 없었던 시간을 몸소 느꼈기 때문에
담담하게 받아들이는 수밖에 없다는 걸 깨달았다.

여전히 슬프고, 아프고, 힘들지만
내가 어찌한다고 어찌할 수 있었던 것이 아니라는 생각에,
그 모든 무언가가 우리를 여기로 이끌었다는 생각에,
겸허히 받아들이려 노력한다.

최선을 다하되, 최선을 다한 나를 탓하지는 말자.
인연은 나의 노력으로만 이어지는 것이 아니니까.

네가 늘

나의 기도

인연은 말도 안 되는 우연으로 우리를 이어 주고는 한다.
내 뜻대로 이루어지는 것이 아니기에 두렵지만,
그래서 더 소중하고 특별하다.
나의 욕심으로 인연을 바꾸려 하지 않고,
인연에게 나를 맡기고 싶다.
불가항력의 작용이 있다는 걸 알기에 욕심을 뒤로 하고,
함께하는 순간을 온전히 느끼고 싶다.
기도해 본다.
조금 더 오래 머무르게 해 주세요.
하루 더 함께하게 해 주세요.

그토록 어렵기에,
그토록 귀한 인연.

우리의 결

"결이 맞는다."는 표현은 단순히 취미나 성향이 같은 것을 의미하지 않는다. 사람을 대하는 태도가, 삶을 살아가는 방향이, 관계를 생각하는 마음이 비슷한 걸 말하는 게 아닐까. 사람과 사랑을 소중히 여길 줄 알고, 다름을 인정하고 서로의 고유성을 존중해 주는 마음. 함께하기 위해 자신을 조금 덜어 낼 수 있는 것. 굳이 애써 함께하려고 하지 않아도 함께 걸어 나가고 있는 것. 그 사람에게 기꺼이 물들고 싶은 것.

내가 늘

미운 정 고운 정

고운 정은 누구와도 나눌 수 있다. 정돈된 친절과 배려 속에서 예쁜 마음을 주고받는 것은 어렵지 않다. 하지만 미운 정은 다르다. 누구에게나 드러내는 모습이 아니고, 누구나 예뻐할 수 있는 모습도 아니다. 가장 약하고 부족한 모습을 보이는 순간이다.

스스로를 떠올렸을 때 단점이 없는 사람은 없을 것이다. 모두 최대한 단점을 보완하고, 티가 나지 않게 숨기며 살아간다.

하지만 그럼에도 재채기처럼 튀어나오는 부분도 있을 것이다. 그 재채기를 전혀 개의치 않는 사람도 있을 것이고, 혹은 사랑이 재채기마저 사랑스럽게 만들어 줄 수도 있다.

미운 정이 든다는 것은 서로를 품어 준 순간이 있다는 뜻이다. 미운 정까지 나누고 싶다. 그 사람의 재채기를 끌어안고 싶다. 밉다는 것은 순간의 감정일 뿐이다. 그 감정을 같이 걷어 내고 서로를 끌어안고 살아가고 싶다. 한 사람에게 포용 받는 잊지 못할 순간을 선물하고 싶다.

가면 씌워진 서로를 예뻐하는 게 아닌 진짜 얼굴의 우리를 사랑하고 싶다.

내가 눈

물결 없는 바다

나의 기쁨이 질투가 되지 않고, 슬픔이 약점이 되지 않는 세상 속에서 살아가고 싶다. 순수한 마음으로 서로를 축하하고, 상대의 슬픔을 아파해 주는 사람들과 살아가고 싶다. 숨겨야 할 것들이 너무 많아졌다. 감정을 가면 뒤에 숨겨 놓는 게 미덕이 됐다. 감정 조절이 아닌 감정 숨김을 해야 하는 우리가 슬프다. 해맑은 웃음을 잃어 가고, 어금니를 질끈 물고 울음을 참아 내야 하는 우리가 안쓰럽다. 언젠가부터 동요 없는 가슴에 잘했다고 칭찬해야 하는 우리. 물결 없는 바다처럼 마음이, 마음이 아니게 되어 버린 우리.

메마르지 않도록, 전해야 하는 것

표현의 중요성을 아는 사람이 좋다.

말하지 않으면 상대는 나의 마음을 모른다는 걸 아는 사람.

투박하고, 서툴더라도 또렷이 마음을 전하려 노력하는 사람.

혼자만의 생각에 빠지지 않도록,

불안해하지 않도록 정성스레 표현해 주는 사람이 좋다.

관계를 자라나게 하는 것은 서로에게 건네는 표현이니까.

메마르지 않게, 휘청이지 않게, 애정을 전하는 사람이 좋다.

내가 눈

우리를 이어 줄 다리

때로는 서로를 이해하지 못하고
멀어지는 순간이 있을 수 있고,
우리는 너무 다르다고 생각할 수도 있지만,

우리의 사이에 벌어진 그 간극을 메우다 보면
그건 우리를 연결해 주는 다리라는 것을 깨닫게 된다.

우리의 다름을 인정하고,
이해하며 채워 가야 하는 공간.

우리의 다름을 메우기 위해
다투고 화해하고 포용하는 시간을 거쳐야만
비로소 단단한 관계가 만들어진다는 것을 깨달았다.

이제는 간극이 두렵지 않다.
노력만 있다면 우리를 이어 주는 다리가 되리라는 걸 알기
때문이다.
완벽한 관계는 처음부터 만들어지는 것이 아니다.
관계는 만들어 가는 것이다.

다르기에 맞춰지는 것

다름을 존중한다는 말은 누군가에게 당연한 말로 들리지만, 진정 상대를 이해하려 노력하고, 다른 부분까지 맞춰 가려 애쓰는 사람에게는 묵직하게 다가오는 말이다. 우리의 다름을 이해와 존중으로 바꾸겠다는 다짐이 담겨 있고, 오래도록 함께하고 싶은 진심이 담겨 있다. 다르기에 맞춰진다는 걸 아는 것이다. 다르기에 함께하며 서로의 세계를 넓혀 간다. 다름을 존중하되, 서로에게 스며들 수 있는 틈을 내어 주자. 그렇게 함께 살아가자.

함께한다는 것은

삶이 시시하지 않다는 걸 깨닫게 되는 것.

사랑을 품은 사람의 기쁨을 알게 되는 것.

서로의 빈틈을 메워 주는 것.

넘어져도 일으켜 줄 손이 있고,

떠나도 돌아올 품이 있는 것.

달라진 건 네가 곁에 있다는 것뿐인데

나의 세상이 달라져 있는 것.

함께라면 어쩐지 모든 게 괜찮을 거라는

막연한 믿음이 생기는 것.

거창하지 않지만 대단한 것.

거리 지키기

적절한 거리는 사람마다 다르다. 붙어 있어도 멀다고 느껴지는 사람이 있고, 떨어져 있지만 충분하다고 생각되는 사람도 있다. 내가 원하는 거리를 지키는 게 중요한 만큼 상대가 원하는 거리를 존중하는 것도 중요하다. 모두와 내가 원하는 거리로 지낼 수는 없다. 각자의 적절한 거리가 다르니까.

만약 나와 거리를 두고 싶어 하는 사람을 만난다면, 다가가지 않으면 된다. 다가가던 발걸음을 돌려 제자리로 돌아오면 된다. 나의 욕심으로 다가가고, 혼자 상처받지 말아야 한다. 멀리 도망가지 않아도 괜찮다. 당신을 받아 주지 않았다며 분노를 품지 않아도 된다. 그저 다른 것이다.

시간이 흐르고 자연스레 두 사람의 거리가 맞춰질 수도 있다. 둘만의 거리가 생길지도 모른다. 서로의 거리를 지켜 주며 우리만의 거리를 만들어 가자. 마음이 아닌 거리의 문제일지도 모르니까.

내가 늘

조화로운 관계

사람은 변화한다. 누구보다 잘 맞던 사람과 안 맞게 될 수도 있고, 나와 다르다고 여겼던 이와 비슷한 부분을 찾게 될지도 모른다. 시간과 함께 미묘한 변화가 쌓여 이전에 알던 이와는 다른 사람이 되기도 한다.

우리는 언제든 달라질 수 있는 존재다. 그렇기에 단정 짓지 않으려고 노력하는 마음이 필요하다. 평가는 하지 않을수록, 판단은 늦출수록 좋다.

나와의 일치성을 평가하는 색안경을 낀다면, 순간의 일치점을 찾는 데에만 열중할 수밖에 없다. 우리의 시간이 쌓이며 나와 맞춰지는 면을 발견하지 못한다. 다르다는 나의 생각 너머 상대를 볼 수 없다.

완벽한 일치를 꿈꾸는 게 아닌 조화를 추구하는 것이야말로 성숙한 관계를 만들어 가는 방식이 아닐까. 완벽한 일치

는 있을 수 없다는 걸 인정하고 서로를 존중하며 우리의 세
계가 겹쳐지는 소중한 찰나를 함께하고 싶다.

내가 눌

인연은 우연에 노력이 더해지는 것.

수많은 우연 속,

서로를 위한 노력은 우리를 이어 주는 끈이 되고,

서로를 향한 진심은 우리의 손가락을 살포시 감싼다.

인연은 맞닿은 마음과 깊은 진심이 만들어 주는 것.

흐려서 보이지 않는 끈을 의심치 않고,

기꺼이 노력을 붓는, 예쁘고도 예쁜 순간.

사람이 이어 주는 것

눈빛만으로 이해받는 순간이 있다.
구태여 나를 설명할 필요가 없는 사람이 있다.

이런 사람은 굳게 닫혀 있던 마음을 열어 준다.
오래도록 마음에 남아 다음 만남을 기다리게 만든다.

사람이 사람을, 만남이 만남을 이어 준 셈이다.

좋은 사람과의 만남은 닫혀 있던 마음을 열어 준다.
나도 누군가에게 그런 만남으로 기억되고 싶다.

굳게 잠긴 마음을 열어 주는 사람이 되고 싶다.

내가 늘

애쓰지 않아도

너무 애쓰지 않고 살아가고 싶다.

나만 놓으면 끝날 관계를 부여잡지 않고,

떠나는 등을 하염없이 바라보지 않고,

사랑받으려 나를 흐리지 않고,

미움받기를 두려워하지 않고,

나답게 만들어 주는 사람들 곁에서 살아가고 싶다.

가면을 벗어 던져도 괜찮은,

나의 민낯을 사랑해 주는 사람들.

구태여 서로를 잘라 내지 않아도 맞춰지는 사람들.

부여잡지 않아도 곁에 머무는 사람들.

인연을 이어 주는 것

인연은 생각보다 단순하다는 걸 알게 되었다.
그것은 따뜻한 안부가 될 수도 있고,
멀리서나마 보내는 작은 응원일 수도,
잠시 만나 나누는 커피 한 잔일 수도 있다.
작은 마음이라도 서로 맞닿으면
그것은 우리를 인연으로 이어 준다.
인연은 항상 곁에 머물고 있다.
용기를 내어 손을 뻗는다면
인연이 된 우리를 볼 수 있을 것이다.

내가 늘

잊게 되는 것들이 있다.
늘 함께하기에,
늘 곁에 있기에 당연해지는 것들.

그렇게 살아가는 게 아닐까.
잊었다는 사실을 알아차리고,

마음을 다잡는 것.

잠시 잊고,
다시금 새겨 넣고,

또 새겨
깊이 각인되는 것.

절대 잊혀지지 않는 날이
오고야 마는 것.

마음을 맡길 수 있는 세상

  적당히 마음 주는 법을 모른다. 그저 스쳐 지나가는 사람인지도 모르고, 떠날 채비를 하는 사람인지도 모르고, 온 마음을 다한다. 떠나가는 사람에게도 쉬이 마음을 거두지 못하고 끝끝내 뒷모습을 바라만 본다. 친구들은 적당히 계산하며 받은 만큼의 마음만 돌려주면 된다고 하지만 그게 참 어렵다. 결국 진심을 쏟고 다시 아프지만, 어쩔 수가 없다. 진심 없는 관계는 비어 버린 관계이니까. 진심을 꺼내 보이면 상처받는 것이 아닌 우리의 여린 마음을 편히 맡길 수 있는 따스한 세상을 꿈꿀 뿐이다. 진심이 아니라면 다가오지 않았으면 좋겠다. 의심 없이 마음을 열어 버리는 난, 아무것도 모른 채 기뻐할 테니.

내가 술

지나간 구름처럼

돌이켜 보면 없으면 안 될 것 같은 사람이 없어져도 살아졌다. 떨어질 수 없을 것 같은 사람과도 각자의 길을 걷게 되었고, 잊지 못할 것 같은 사람도 희미해졌다. 나의 의지와 노력과는 상관없이 이별을 마주하게 될 때가 있다. 아프지만, 너무나 슬프지만 받아들여야 한다. 이 또한 지나갈 것이다. 지나가는 순간을 알아차리지 못하지만, 어느새 지나간 구름처럼. 돌아보면 이 슬픔도 지나가 있을 것이다.

그리움은 기억에 의미를 붙이고,
미련은 기억을 미화시킨다.

그럼에도, 함께하는

　시간이 흐를수록, 함께하는 사람들이 줄어드는 게 느껴진다. 때론 많은 사람과 함께했던 시절이 그립지만, 지금의 내가 뚜렷해지고 성숙해졌다는 증거라고 믿는다. 더 이상 모두에게 사랑받으려 애쓰지 않아도, 많은 사람을 곁에 두지 않아도 괜찮다는 걸 알게 된 것이니까. 내 곁에는 끝까지 나와 함께 걸어가길 택한 이들만 남았다. 흘러간 인연은 이만 보내 주고, 곁에 남아 있는 소중한 이들과 누릴 수 있는 행복을 붙잡아야겠다. 그럼에도, 함께하는 나의 사람들은 무엇보다 소중한 존재이기에.

좋은 인연을 바란다면

거저 얻어지는 건 없다. 어느 날 갑자기 좋은 인연이 하늘에서 떨어지는 일은 몹시 드물고, 타인에게 감정과 에너지를 쓰지 않으면 그의 관심과 애정을 받기도 어렵다. 관계란 건 함께 주고받는 것이니까. 좋은 인연을 만들고 싶다면, 밖으로 나가 다양한 사람들과 어울리려고 노력해야 한다. 좋은 사람과 함께하고 싶다면, 내가 누군가의 좋은 사람이 되어 주어야 한다. 그의 삶을 찬찬히 들여다보고 함께하는 것이다. 슬픈 날에는 등을 토닥이고, 기쁜 날에는 꽃 한 송이를 선물하고, 소소한 일상을 공유하는 순간들이 쌓이면 인연은 점차 발전한다. 견고한 관계를 쌓은 이들을 보고 있노라면 그들의 노력을 가늠하게 된다. 그러한 관계를 쌓기 위해 애쓴 그들에게 감탄한다. 그런 관계는 거저 얻어지지 않는다. 좋은 사람이 다가와도, 내가 그들에게 좋은 사람이 되지 않는다면 스쳐 지나가는 사람 중 한 명이 될 뿐이다. 좋은 인연을 바란다면, 좋은 사람이 되어 주자.

내가 늘

숨겨진 마음

사람에게 차가운 사람은
누구보다 사람에게 따듯한 마음을 품었던
사람이라는 것을 안다.
진심이 외면당하고, 상처를 받아 냉소라는 가면을 썼다.

사랑이 없다고 말하는 사람은
누구보다 사랑을 믿고 싶은 사람이라는 것을 안다.
천진한 사랑 마음을 건넸지만
온전한 사랑을 받지 못한 시간이 쌓여
자신의 사랑을 감춰 버린 것이다.

차가운 얼굴 뒤에 숨긴
여린 마음을 알아볼 수 있다면,

냉소적인 사람에게
한결같은 애정을 전할 수 있다면,

차가움을 앞세웠다고 해서 등을 돌리는 게 아닌
나의 따스한 마음을 나누어 줄 수 있다면,

우리의 오늘은 조금 더 행복해지지 않을까.
우리의 내일은 조금 더 풍요롭지 않을까.

서로의 숨겨 놓은 모습을
발견해 주는 순간을 바란다.

서로의 아픔을
따스히 보듬어 주길 바란다.

누구보다 함께하고 싶은 우리이니까.

네가 눈

지치지 않는 진심

누군가를 마음에 품으면 마음이 조급해진다.
나와 같은 마음이길 바라게 되고,
하루라도 빨리 함께하고 싶어진다.

누군가를 마음에 품는 일은 내 마음대로 할 수 있으나
그 사람의 감정은 내 마음대로 할 수 없다.

그 사람도 나에게 스며들 시간이 필요하다.

그 사람이 마음을 열 수 있도록,
자신의 감정을 들여다볼 수 있도록
기다려 주어야 한다.

나의 감정을 앞세우는 것이 아니라
그 사람의 감정을 먼저 생각해 주어야 한다.

마음이 자라나기 위해서는 애정과 관심이 필요하지만
그 못지않은 시간이 필요하다.

일시적인 감정이 아니라는 증명은 시간이 해 줄 것이다.
나의 진심을 당장 알아주지 못해도 괜찮다.

한결같은 마음을 전하며,
함께하는 시간을 행복하게 만들길 바란다.
지치지 않는 진심으로,
다정한 기다림을 선물하는 사람이 되기를.

소중한 사람과의 관계에서 불편함을 느낄 때

좋아하는 사람이니 내가 이해해야 한다며 넘어가야 할까. 그렇게 참다가 깊어지는 감정의 골은 어찌해야 할까. 충분히 내 얘기를 들어줄 수 있는 사람인데도 불구하고 불편함을 말할 용기가 없어서 멀어지는 것은 아닐까. 아무리 좋아하는 사람일지라도 좋은 관계를 유지하기 위해서는 나의 감정을 솔직하게 말하며 맞춰 갈 시간이 필요하다.

좋아하는 사람일지라도
그 사람의 '행동'이 다 좋을 수는 없다.
내가 바라는 것을 표현해야 한다.
그래야 상대는 내가 원하는 방식을 알게 되고,
나와 맞춰 가려고 노력할 수 있다.

감정에 솔직할 수 있는 용기와 서로에게 털어놓은 마음을 이해하고 맞춰 가는 태도만 있다면, 좋은 관계를 유지하는 건 그리 어렵지 않을 것이다.

불편함이 생기더라도 바로잡아야 하는 것들이 있다. 당장의 다툼이 두려워서 미루다 보면 되돌릴 수 없이 멀어질 수도 있다. 지금의 불편함은 찰나이다. 지나고 보면 더욱 돈독해진 관계를 만나게 될 것이다.

내가 늘

배려

상대를 위한다는 마음으로
나의 방식을 꺼내는 것이 아닌
상대가 원하는 방식으로 마음을 전하는 것.

내가 해 주고 싶은 것을 넣어 두고,
상대가 원하는 걸 알아 가려고 노력하는 것.

진심을 다한 행동일지라도
그 사람을 위한 게 아닐 수 있다는 걸 알고
적절한 방식을 고민하는 것.

진정한 배려는
상대의 마음을 들여다보는 것에서
상대의 입장에서 생각해 보는 것부터 시작한다.

나보다 너를 선명히 떠올려야 하는 순간.

그렇기에 어렵지만
그렇기에 더욱 따뜻하고 소중한 마음.

사랑은 나의 시간을 기꺼이 건네는 것.

그리고 건넨다는 것조차 인식하지 못하는 것.

그렇게 우리의 시간을 녹여 내는 것.

기다려지는 만남

어떤 이와의 만남은 메마른 마음에 단비 같은 시간이 되고, 어떤 이와의 만남은 에너지를 새어 나가게 하는 마음의 구멍이 된다. 품고 있는 에너지는 서로에게 전하는 말에 묻어 있고, 바라보는 눈빛에 스며 있다. 누군가와의 만남이 언제나 기대되고 즐겁다면, 그 사람은 당신이 모르는 사이에 좋은 에너지를 전하고자 노력하는 것이다.

설레는 마음으로 누군가를 기다리는 지금, 가만히 생각해 본다. 나는 누군가에게 이런 기다림을 선물하는 사람일까. 나는 어떤 에너지를 전하는 사람일까.

소중한 사람들에게 아낌없이 에너지를 쏟을 수 있는 사람. 헤어지는 발걸음에 아쉬움이 가득 묻는 사람. 언제든 다시 찾고 싶은 사람. 아무것도 하지 않고 함께 있어도 즐거운 사람. 환하고 맑은 에너지를 전하는 사람이 되고 싶다.

V

이토록 귀한
너에게

나에게는

주변 사람들에게는 따듯한 격려를 보내지만,
나에게는 어떤 온도의 말을 건네고 있나요.

정작 나에게는 차가운 질타를 하고 있지 않은가요.
나에게도 따듯한 말을 건네 주세요.
나에게도 말해 주세요.

너는 할 수 있어.
너는 멋진 사람이야.
괜찮아, 잘하고 있어.

우리는 타인에게는 관대한 시선을 주지만,
나에게는 너무 야박해요.
무조건적인 지지와 사랑을 건네야 할 사람은
자신이라는 걸 잊지 말아야 해요.

당장 원하는 나의 모습이 아니어도 괜찮아요.

이토록 귀한

원하는 나의 모습을 향해 부단히 노력하고 있으니까요.

내가 나아갈 힘을 얻는 건
나의 따듯한 응원이에요.

나에게도 따스하고 포근한 응원을 전해 주세요.

.

하루의 끝

잘 해내겠다는 열정으로 시작한 아침,
후회로 물들어 버린 밤.

자책한다는 것은 그만큼이나
잘 살아 내고 싶은 마음이 간절하다는 것.

조금 부족했어도 괜찮다.
오늘의 서투름은
내일의 내가 더 발전할 수 있는 발판이 되어 줄 테니.

노력의 순간을 책망하는 것이 아닌
기특한 마음으로 바라봐 주자.

지친 하루의 끝,
나만은 나의 노력을 알아봐 주자.
나만은 나를 보듬어 주자.

이도목 귀함

여백의 미

어릴 적에는 여행에 욕심을 가득 담았다. 다 둘러보고 싶은 마음에 하루에 몇 군데나 여러 장소를 둘러보았다. 아침 일찍 졸린 눈을 비비며 나가고, 녹초가 된 채로 늦은 시간에 숙소로 들어왔다. 정작 기억에 남는 순간이라곤 버스에서 이동하는 지루함, 여유 없이 바쁜 발걸음, 사진을 남기고 떠나기 위해 눌러 대던 셔터 소리, 떠밀리듯 다음 장소로 옮겨지던 모습이다.

몇 번의 바쁜 여행을 거쳐 나의 여행은 바뀌었다.
하루 한 곳만 정하기.
그곳에 가서 있고 싶은 만큼,
즐기고 싶은 만큼 즐기고 다음 일정을 생각하기로 했다.

여행이라는 단어에 묻어 있던
바쁨, 피곤함이 지워졌다.

여유, 편안함, 즐거움이 그 자리를 대신했다.

욕심을 내려놓아야 할 때가 있다.

해치우듯 끝내는 것이 아닌
순간을 즐겨야 할 때가 있다.

여백 가득한 여행을 꿈꾼다.
여백 가능한 인생을 꿈꾼다.

그런 시기

요즘의 MBTI처럼 자존감이라는 키워드가 유행하던 때가
있었다.

그때 가장 많이 받았던 질문은

"자존감이 높은 편이세요?"였다.

자존감이 높냐… 낮냐….

높다고 말하면 오만해 보이고,

낮다고 말하기에는 자존심이 허락하지 않는다.

자존감이 높은 사람에게는 거리낌 없는 질문이겠으나,

낮은 편에 속한다면 마음을 찌르는 질문이 되기도 한다.

나는 그런 질문을 받을 때마다 모호하게 돌렸다.

"시기에 따라 다르다고 생각해요."

그때는 회피하고 싶은 마음에 에둘러 말한 답이었지만,

이제는 내 삶의 태도가 되었다.

시기에 따라 다르다.

마음처럼 풀리는 일이 하나도 없을 때,
불행이 잔뜩 몰려올 때는 자존감이 멀쩡할 수가 없다.
자존감이 낮아지기 마련이다.

반면 손을 대는 일마다 잘 풀리고,
아끼는 이들과 평화롭고 행복한 일상을 유지하고 있다면
나에 대한 애정이 깊어지고,
삶에 대한 만족감이 차오를 것이다.

자존감의 높고 낮음은 인생의 시기와 맞물려 가는 게 아닐까.
오르막을 만나도 자만하지 않는 지혜가 필요하고,
내리막을 만나도 위축되거나 자책하지 않는 현명함이 필요
할지도 모르겠다.

이토록 귀한

어찌할 수 없었던 것들

자책이 일상이었다. 나에게 닥친 불행의 책임을, 내 주변에서 일어나는 문제의 책임을 내게 물었다. 살아가며 마주하는 많은 일들 앞에 '나 때문에'를 붙이고는 나의 잘못으로 가져왔다. 마음 조용할 틈이 없었고, 어깨를 펴고 당당히 걸어갈 날이 없었다.

생각해 보면 그렇다. 수많은 인과 관계가 겹친 일이었다. 일어날 일이 일어났을 뿐이다. 내가 모든 걸 해결할 수 없듯, 모든 일이 나 때문에 잘못될 수도 없다. 끝난 관계를, 돌이킬 수 없는 순간을 보내야 한다. 고여 있는 것을 흘려보내야 새로운 것을 담을 수 있다. 마음 가득 자리한 후회와 자책을 비워 내야 새로운 미래를 담을 수 있다. 어찌할 수 없었던 것들이다. 이제 그만 나를 탓하던 손가락을 접기로 하자.

도전할걸 그랬다.
작은 가슴을 지핀 꿈을.

그려 볼걸 그랬다.
원하는 나의 모습을.

전할걸 그랬다.
그때의 사랑을.

함께할걸 그랬다.
사랑하는 이들과.

더 늦지 않도록,
다시 후회하는 날이 오지 않도록,
지금이라도 나의 인생을 살아가야겠다.

살아 내는 것이 아닌 살아가야겠다.

나아갈 수 있는 용기

미래가 아득히 느껴질 때면 뒤를 돌아본다.
내가 걸어온 길,
든든히 곁을 지켜 주는 사람들,
쌓아 온 것을 돌이켜 본다.

헤쳐 나갈 도리가 없을 것 같은
고난이 닥쳐왔을 때도 헤쳐 나갔고,
감당할 수 없을 것 같은 슬픔이 덮쳤을 때도
이겨 내어 지금의 내가 되었다.

그때도 지금처럼 막막하고 버거웠지만,
이겨 냈다.

지나온 시간이 나아갈 용기를 안겨 준다.
지금까지 잘해 왔고, 앞으로도 그리할 것이다.
꿋꿋이 이겨 냈던 순간을 떠올리자.
넘어진 순간보다 일어선 순간을 가슴 깊이 새겨 두자.

또 한 번 뒤돌아볼 나를 위해.

재미를 지우는 욕심

오랜만에 친구를 만났다. 나의 오랜 친구 j. 술잔을 기울이며 만나지 못했던 공백의 시간을 채워 가고 있었다. 그녀는 근황을 조잘거리던 내게 장난스레 웃으며 말했다.

"너 이제 욕심이 많이 줄었다?"

그렇다.

욕심쟁이였던 내가 글을 쓰며 욕심을 많이 내려놓게 됐다. 내려놓을 수밖에 없었다. 잘 쓰고 싶은 마음은 재미를 지워 버리고, 손가락을 굳게 만들었다. 욕심을 내려놓아야 즐겁게 쓸 수 있었다. 나의 마음을 전하는 것만으로 만족했다. 누군가의 마음에 닿는다면 그것으로 행복했다.

비단 글뿐만이 아니라 많은 부분으로 이어졌다. 욕심을 내려놓고, 즐기는 것에 초점을 맞추게 됐다.

이도록 귀한

서핑 타러 갔을 때의 일이다. 파도를 기다리며 긴장되는 게 느껴졌다. 파도를 잘 타고 싶다는 생각에, 물에 빠지지 않고 끝까지 파도를 타고 싶다는 생각에 잔뜩 얼어 있었다.

결국 얼어붙은 몸은 몇 번의 파도를 흘려보내고, 기다리던 파도가 아니었지만 냅다 출발해 버렸다.

'잘 타는 게 중요한가. 파도 타러 왔는데, 파도를 타면 되지.'

파도는 가는 길에 죽어 버렸다. 너무 작은 파도라서 다른 사람들은 흘려보냈던 파도다. 다시 제자리로 돌아왔지만, 이전과는 다른 표정으로 다음 파도를 기다렸다.

잘하려는 욕심을 내려놓으면 전과는 다른 재미가 펼쳐진다. 모든 것을 잘하려고 하기보단 즐거운 시간을 보내는 것에 익숙해지고 싶다. 재밌게 즐기는 사람은 언젠가 잘할 수밖에 없을 테니까. 욕심으로 좋아하는 일을 잃지 않을 수 있을 테니까. 좋아하는 마음이 변질되지 않도록 지켜 주고 싶다.

자라나는 시간

아무것도 하지 않는 시간 속에서
나와 대화하는 법을 익혔다.

주저앉아 있는 시간 동안
나아가야 하는 방향을 깨달았다.

몇 번의 넘어짐을 통해 일어나는 법을 배웠다.

이런 시간 끝에 비로소 굳건함을 지닐 수 있게 되었다.
나를 알고, 나아갈 길을 알아갈 수 있었다.
무의미한 순간이 아니다.
버린 시간이 아니다.

나를 돌아볼, 나의 앞날을 그려 보는 값진 시간이었다.
나를 강하게 만들어 준 고마운 시간이다.

멈춰 있다 생각했지만, 자라나는 중이었다.

별은 항상 빛나고 있다.

태양 빛에 묻혀 보이지 않을 뿐.

밤이 찾아오면

캄캄한 하늘 속 반짝이는 별이 보일 것이다.

당신은 선명히 빛나고 있다.

곧 당신의 빛을

마음껏 뽐낼 수 있는 시간이 올 것이다.

돌아볼 기회

예전에는 누군가 나를 지적하는 게 못 견디게 싫었다. 내가 잘못된 사람이라고 말하는 것만 같았다. 별거 아닌 조언과 충고에도 감정이 상하고 말았다.

어느 순간부터 그런 생각이 수그러들었다. 누군가의 기준에는 안 맞을 수 있지만, 나의 기준에 괜찮으면 된다는 단단함이 생겼다.

이제는 누군가가 나의 단점을 말해도 괜찮다. 그 사람이 원하는 방향으로 개선할 수도, 그렇지 않을 수도 있지만, 그 부분에 대해 돌이켜 볼 기회가 생겼다는 것만은 확실하기 때문이다.

타인의 비판과 조언을 곧이곧대로 받아들일 필요는 없다. 내가 생각했을 때 문제가 되지 않는다면 그걸로 된 것이다.

이토록 귀한

개선할 여지가 있는 부분이라면 내가 생각하기에 더 좋은 방향으로 고치면 된다.

나를 돌아볼 기회다. 그 이상, 그 이하도 아니다.

최선의 위로

누군가에게 충고와 조언을 하기 전에는
내가 왜 이 말을 하고 싶은지 돌아봐야 한다.
나의 감정을 해소하기 위해 하고 싶은 말인지,
상대를 위하는 마음인지.
상대를 위하는 마음이라는 생각이 들어도
한 번 더 돌아봐야 한다.
상대가 원하는 것인지.
너를 위한다는 포장지에 썼지만,
상대가 원치 않는 선물일지도 모른다.
상대가 먼저 도움의 손을 뻗은 게 아니라면,
함부로 상대의 삶에 개입해서는 안 된다.
너를 위한다는 말은
그 사람을 생각하면 눈물이 나올 정도의 마음일 때,
그 정도로 상대의 안위를 걱정하는 마음일 때
쓸 수 있는 게 아닐까.

이토록 귀한

그 사람을 위한 것은 그 사람만 안다.

물어봐 주어야 한다.

어떤 부분이 힘든지, 어떻게 하고 싶은지,

어떤 도움이 필요한지 물어야 한다.

마음을 들여다볼 수 있도록 질문을 던져 주고,

곁을 지켜 주는 것이

우리가 할 수 있는 최선의 위로가 아닐까.

한 사람을 알아 간다는 것

빈틈없이 행복하고, 내 모든 요구가 충족되는 관계만이 좋은 관계는 아닐지도 모른다. 때로는 다툴 수도 있고, 서로의 단점을 보고 실망하는 순간이 있을 수도 있다. 하지만 그것은 좋은 관계를 만들기 위한 과정일 뿐이다. 포장된 모습을 하나씩 벗기며, 진정 서로를 알아 가는 시간이다. 발견한 빈틈을 채워 주고, 단점을 품어 주고, 있는 그대로의 서로를 받아들이고 그 부분을 넘어 존중하는 것이야말로 진정한 좋은 관계가 아닐까. 너를 알아 가려 했지만 나를 돌아보고, 서로를 알아 가게 되는 시간. 함께 성숙을 이룰 수 있는 관계. 내가 생각하는 좋은 관계는 이런 것이다.

부러움을 딛고서

나는 누군가를 부러워하고는 못 배긴다. 부족함은 인정하지만, 부러워하는 나를 바라보는 건 견디기가 힘들다. 누군가 부럽다는 건 내가 간절히 원하지만, 아직 이루지 못한 부분을 보았기 때문이다.

그런 의미에서 부러움은 가장 강력한 자극제가 된다. 내가 원하는 걸 아직 갖추지 못했기 때문에 부러움을 느끼는 것이니, 그토록 원하는 걸 이루고야 말겠다는 결심이 선다.

부러움이 쉽게 생기지는 않는다. 돈이 아주 많은 사람은 멋지다고 생각하지만, 부럽지 않다. 아주 많이는 필요하지 않기 때문이다. 악기를 잘 다루는 사람을 보면 감탄하지만, 부러워하지 않는다. 연주를 듣는 걸 좋아하기 때문이다.

진정 원하는 것에 대한 부러움은

나를 움직이는 원동력이 된다.

부럽다는 감정에 압도당하지 않고,

부러움에 기가 눌리지 않고,

부러움과 싸우며 성장하고 싶다.

부러움을 발판으로 딛고 올라가고 싶다.

나도 충분히 할 수 있다는 자신감으로.

살아갈 날이 더 많이 남았으니까

내 마음은 나무로 만들어졌나 보다.
습한 기운에 금세 눅진해지고, 곰팡이가 슨다.
그럴 때마다 시멘트를 덧바른다.
나무 사이에 촘촘히 스며든 시멘트 위로는
곰팡이가 슬지 않는다.

누군가의 마음은 시멘트로 만들어졌을까.
그렇다면 그들은 나보다 단단한 마음을 지니고 있을까.
부러움이 차오르는 것도 잠시,
시멘트도 결국 금이 간다는 걸 깨닫는다.

일찍이 시멘트 바르는 법을 알게 됐다.
마음의 균열을 메울 수 있는 법을 알게 됐다.

더는 부러워하지 않기로 했다.

살아가야 할 날이 더 많이 남았으니까.
혼자서도 단단한 마음을 만들 수 있는 사람이 됐으니까.
지금의 나를 사랑하기로 했다.

여행과도 같은 걸음

불안과 자유를 한 몸처럼 말하던 시절이 있었다.
어딘가 소속되면 자유가 사라지는 대신 안정감이 생기고,
자유로워지면 불안이 따라온다고 생각했다.

하지만 자유로운 마음은 그런 데에서 오는 것이 아니었다.

나의 인생이라는 것을 깨닫게 되었을 때,
나만의 인생을 정의할 수 있을 때,
그런 인생을 살기 위해 용기를 냈을 때.

자유를 느꼈다.

남들과 같은 길을 가지 않아도 괜찮다는 믿음.
나의 선택으로 나의 삶을 꾸려 가겠다는 의지.
나만의 성공에서, 나만의 행복에서 얻는 만족.

여행과 같다.
정답이 없는 걸음은 자유롭다.

이토록 귀한

낭만.
시간이 흘러도 빛바래지 않을 종이에
결코 접히지 않을 꿈을 적어 놓는 것.

행복은 연기와 같아서

행복을 좇지 않는다. 행복은 늘 곁에 있고, 동시에 늘 사라진다. 행복을 좇거나, 하나의 행복을 부여잡으려 할수록, 내게서 멀어졌다. 내가 갖고 있는 행복을 알아보고, 내게 찾아오는 행복에게 미소 짓고, 사랑하는 사람들과 행복을 나누고, 온전히 행복을 느끼고는 다시 보내 주는 것. 행복이 자주 찾아올 수 있는 마음과 행복을 온전히 느낄 수 있는 여유를 준비하는 것. 다가온 불행을 무던히 흘려보내는 것. 그것이 내가 좇는 마음가짐.

누려 본 자만이 아는 것

돈도 써 본 사람이 번다는 말처럼,
행복도 누려 본 사람이 느낄 수 있는 것은 아닐까.

미래를 위해 지금의 행복을 아껴 두기만 하면,
행복이 무엇인지조차 모르게 되는 순간이 올지도 모른다.

나는 두렵다.

지금의 행복을 참고 참으면
미래에는 더 커다란 행복이 되어 있어야 할 텐데
행복은 온데간데없고,
행복이 무엇인지 모르는 사람이 되어 있을 것만 같아서.

지금의 행복이,
미래에는 더 큰 행복으로 교환될 것이라는
계산을 접어 두고 지금을 누려야겠다.

욕심을 저버리고,
소소한 일상 속에서 기쁨과 행복을 얻는 방법을 배워야겠다.

조급함은 얼마나 많은 행복을 지웠을까.

욕심은 얼마나 많은 아름다움을 가렸을까.

또렷한 나로 사랑하는 것

사랑을 하면 나를 버렸다.

사랑받고 싶은 욕심에
나를 버리고 그를 채웠다.

나의 취향보다는 상대의 취향에 맞췄고,
나의 생각보다는 상대의 의견에 따랐다.

우리의 대화에는 상대만 또렷이 남았다.
나는 점점 설 자리를 잃었다.

답답함을 느꼈다.
나는 원래 이렇지 않은데,
혼자 있을 때의 난
더 빛났던 것 같은데.

사랑하는 사람을 만났을 때에도
나를 잃지 않고 싶다.

그를 위하는 마음을 앞세우지 않고,
나를 지키고 싶다.

나를 지우려고 하는 순간,
잘못된 관계로 들어가는 발을 디뎠다는 것을 깨닫고,
있는 그대로의 나로
충분히 사랑받을 수 있다는 걸 잊지 않고,
선명한 나를 되살리고 싶다.

나를 잃고 지킨 관계는
속이 텅 빈 관계와 같다.

이토록 귀한

연기 혹은 나

사람들에게 비치는 모습에 초점을 맞췄던 시절이 있다. 주위를 둘러보며 자주 움츠러들고, 나를 드러내는 것을 어려워했다. 자신감 있고, 당당한 사람과는 거리가 멀었다. 이런 내가 싫었다.

나도 당당해지고 싶었다.

나를 바꾸고 싶은 순간에 연기를 해 봤다. 주눅 들고 자신 없는 상황에서도 일부러 당당한 척 행동했다. 무척이나 떨렸지만 당당한 태도를 취했다는 사실만으로 자신감이 생겨서 당당한 모습을 유지할 수 있었다.

되고 싶은 나를 연기한 적이 있다. 연기를 앞세워 시도하고, 생각보다 별거 아니라는 걸 깨닫고, 진짜 나로서 할 수 있었다. 반복적으로 연습해서 그렇게 바뀌기도 했다.

그때의 연기는 바뀌고 싶은 간절함이었다. 연기라고 나를 속였지만, 그것은 반복 연습이었고, 어쩌면 내 안에 숨겨져 있던 모습일지도 모르겠다. 나에게 연기란 나를 가두는 틀을 깨는 연습이었다.

모든 걸 연기하라는 것이 아니고, 지금의 나를 지우라는 것도 아니다. 잘 보이기 위한 거짓말을 하거나 타인을 위한 꾸밈을 부추기는 것은 더더욱 아니다. 연기라는 생각을 빌려 숨겨진 모습을 꺼내 보는 것이다. 나를 가두는 틀을 깨는 것이다.

나를 잃는 게 아니다. 새로운 행위를 시도하는 것이다. 눈을 질끈 감고, 되고 싶은 모습을 따라 해 보자. 새로운 나의 모습을 발견할 기회가 될 것이다.

이토록 귀한

행복도 불행도 나로부터

상처받지 않겠다고 결심해야 달라질 수 있다. 타인이 내게 상처를 입히는 것에 반감을 갖지 않고, 타인으로 인한 힘듦을 당연시 여겨서는 안 된다. 그 누구도 나를 상처 입힐 권리는 없다. 어떠한 불편과 위축도 당연하지 않다. 인정해서는 안 된다.

나를 침범하는 행동에 단호한 태도를 보이지 않으면, 나를 깎아내리는 말에 불쾌하다는 표현을 하지 않으면, 상대방은 내가 자신의 행동을 허락했다고 받아들인다.

가끔은 어려운 사람이 될 수 있어야 한다. 나를 위해 용기를 내야 할 때가 있다. 당신이 가장 아끼고 사랑하는 사람의 흉을 보고 있는 사람에게 달려가서 말해야 한다.

처음은 무척이나 떨리고 어려울 것이다. 머리에서 맴도는 말이 목에 얹혀 뱉어지지 않을 수 있다. 하지만 그 어려운 한 번이, 앞으로의 당신을 지켜 줄 거라 믿는다.

나를 가장 행복하게 만들어 줄 수 있는 사람도 가장 불행하게 만들 수 있는 사람도 나다. 내가 달라지겠다고 결심해야 많은 것들이 바뀔 수 있다. 내가 바꿀 수 있는 건 나밖에 없으니까. 나를 지키는 내가 되길.

주체적인 사람이 되는 법

    너무나 하기 싫은 일은 당연히 하지 않아야 한다. 나의 행복보다 중요한 일은 없으니까. 하지만 살아간다는 건 그리 간단하지 않아서, 때론 하고 싶지 않아도 해야 하는 것들이 있다. 그럴 때는 생각을 조금만 바꾸어도 마음이 편해질 수 있다. 해야 한다는 것에서 '해야'를 지워 내는 것. 나는 해야 한다가 아닌 나는 '한다'. 주체적인 의지가 담겨 있으면 이전에 발견하지 못했던 가치가 보일 수도 있고, 효율 역시 높아진다. 누군가에게 끌려가는 발걸음은 무겁지만 내가 가고 싶은 곳을 향하는 발걸음은 사뿐하다. 생각의 전환이 필요한 때에 마음속 지우개를 꺼내 들자.

삶의 한 조각

사람들과 어울려도 어딘가 모르게 동떨어진 느낌으로 자리만 차지하고 있다. 자리가 파하고 채워지지 않은 외로움과 함께 집으로 돌아간다.

언뜻 생각하면 고독과 외로움은 별반 다르지 않지만, 고독은 혼자 있길 원하는 상태이고 외로움은 원치 않았던 혼자다. 혼자이길 두려워할 때 우리는 외로움을 느끼고, 혼자여도 괜찮다는 사실을 깨달았을 때 고독과 함께할 수 있다.

외로움을 떼어 내지 않아도 되는 삶의 한 조각이라는 걸 받아들일 때, 우리는 더욱 성숙한 나를 만들어 갈 수 있다. 혼자여도 괜찮다는 사실을 깨달았을 때 우리는 고독과 함께할 수 있다. 고독과 함께하는 시간은 나에 대해 더 깊이 알아가는 시간이 될 것이다.

이토록 귀한

나의 마음을 타인에게서 채우려고 하지 말자. 타인을 채우고, 타인이 사라지면 또다시 비워질 테니까. 조금 늦더라도, 나의 힘으로 나의 마음을 채워 가자. 조금 더 성숙하고, 성장할 나를 위해.

예측 불가한 삶을 위해

오늘 하루가 예상되고, 내일이 예측되고,
앞으로의 나날이 가늠될 때 권태를 느낀다.

앞으로의 삶이 정해졌을 때 기대를 잃는다.
이미 정해진 것에 새로운 기대를 품기는 어려운 일이니까.
무궁무진하게 많았던 선택지는
이제 다섯 손가락으로도 세어진다.
어른이 되면 다 이런 것이라며 체념했던 시절이 있다.

하지만,
권태는 어른이 된 탓이 아니었다.

더 이상 새로운 세상에 대해 알아 가고,
더 나은 나를 그리는 걸 멈춘 나의 탓이었다.

나이가 바뀌어서가 아닌 내가 바뀌어서.

나의 남은 날을 함부로 재단하지 말자.

이도록 귀한

무궁무진한 가능성을 막지 말자.
무엇이든 할 수 있고, 무엇이든 될 수 있다.

열 손가락을 펼쳐도 부족하도록
다양한 세상을 그리고 싶다.

나에게 언제나 예측 불가한 사람으로 남고 싶다.
언제까지나 예측 불가한 삶으로 만들고 싶다.

동굴

　많은 연결 속에서 살아가지만, 지친 나를 위안해 주는 연
결은 드물다. 연결되지 않는 공간이 필요하다. 나만을 위한
공간. 물리적 공간뿐만 아니라 심리적인 공간. 누군가 함께
있더라도 잠시 나만의 틈으로 들어갈 수 있는 동굴. 나는 그
런 동굴을 가진 사람을 사랑한다. 열심히 자기만의 동굴을
지었을 모습이, 자신을 위해 긴 시간과 노력을 들였을 그가
멋지다. 누구도 그를 무너뜨릴 수 없다는 걸 알기에, 단단한
마음을 동경한다. 자신만의 동굴이 있는 사람은 타인의 동굴
까지 품어 주니까. 타인의 가려진 힘듦을 발견해 내고 마는
그런 사람이니까. 그런 동굴을 가진 사람이 되자. 나만의 쉼
터를 위해 가장 좋은 자리를 골라 열심히 망치질할 수 있는,
그런 사람이 되자. 단단한 마음으로 나를 사랑하는 사람이
되자. 단단한 마음으로 사람들을 품어 주는 사람이 되자.

이토록 귀한

더 나은 나를 위한 시작

베란다에 주저앉아 창밖을 바라보는 일이 일상인 때가 있었다. 되고 싶은 나의 모습은 정해져 있는데, 지금의 난 그 모습과 너무 멀었다. 스스로가 초라하고 볼품없게 느껴졌고, 이상과 현실의 괴리를 견디기 힘들었다.

우리는 이상적인 나의 모습을 머릿속에 그리곤 한다. 되고 싶은 나를 꿈꾸며 그 모습에 다가가기 위해 노력한다. 더 나은 나를 꿈꾸는 건 아주 멋진 일이지만, 이상과 현실을 비교하며 힘들어지기도 한다.

되고 싶은 나의 모습과 지금의 나를 비교하고 지금의 나를 깎아내리며 완벽한 모습에 나를 욱여넣으려 한다. 내게 맞지 않는 틀이라는 것을 모르고, 그 틀에 들어가지 못하는 나를 미워한다.

만들어 놓은 틀에 나를 맞추려고 하는 게 아니라 나를 만들어 가야 한다. 나에게 맞지 않는 틀을 부수고, 지금의 나를 인정하고 이해하며 원하는 나의 모습으로 만들어 가는 것이다.

더 나은 사람이 되기 위한 노력의 첫걸음은 나의 결점과 한계를 인정하고, 그런 부분까지도 끌어안는 것이다. 지금의 나를 하찮게 바라보며 부정하는 건 되려 나를 불행에 빠뜨린다. 누구나 결점을 갖고 있다. 부족하다는 것은 문제가 되지 않는다. 문제는 있는 그대로의 나를 받아들이지 않는 것이다.

틀에 맞추는 삶이 아닌, 상상 속 완벽한 나와 비교하는 삶이 아닌, 있는 그대로 나를 바라보고 더 나은 나를 만들어 가는 삶을 살아가길. 언제나 현실은 이상을 이길 수 없으니까.

늘 완벽할 수 없는 삶에서 현재를 사랑하지 않는다면,
나를 사랑할 시간을 영영 놓쳐 버릴지도 모르니까.

일상을 꾸려 가는 것

가끔은 나 하나 돌보는 게 이렇게 힘들 일인가 싶다. 깔끔한 침구에서 잠드는 일, 깨끗한 유리잔으로 물을 마시고, 아침을 챙겨 먹기 위해 요리를 하는 것, 산뜻한 향기가 풍기는 옷을 입고, 세탁을 마치고 돌아온 운동화를 신는 것. 혼자 살면 일상 어디에도 나의 손길이 닿지 않은 곳이 없다. 일상을 유지하기 위해서는 엄청난 에너지를 소모한다.

그래서인지 소위 '번 아웃' 증세가 오면 집이 난장판이 된다. 집이 더러워지면 업무의 양을 가늠하고, 피로가 누적되지는 않았는지 수면 시간과 운동량을 체크한다. 예전에는 다른 사람들도 이 정도는 기본으로 하는데, 나보다 열심히 하는 사람들이 이렇게나 많은데 엄살 부릴 수는 없다며 무리를 했지만 남는 건 더러운 집과 지친 마음뿐이었다.

나는 여유가 없는 일상을 견디기 힘들어한다. 누가 보기에

태평스러울 수 있는 일상이어도 내게는 빠듯하다. 타인의 열심히와 나의 열심히의 강도는 다를지라도, 나의 기준에서 열심히가 중요한 것이기에 무리하지 않기로 했다.

온몸을 불 싸지르는 불나방 같은 노력은 언제 불탔는지도 모르게, 흔적도 없이 사라지고 마니까. 나를 돌보며 천천히, 그렇지만 꾸준히 나아가고 싶다.

단단하고 다정한 사람이고 싶어서

사랑받으려 애쓰지 않지만, 사랑하기를 주저하지 않는 사람이 되고 싶다. 모두를 끌어안을 수 없지만, 모두에게 머물수 있는 틈을 내어 주는 사람이 되고 싶다. 모두와 잘 지내려 노력하지 않지만, 많은 사람과 잘 지낼 수 있다는 믿음을 잃지 않고 싶다. 떠나가는 인연을 잡지 않지만, 떠나보내는 마음은 편치 않은 사람이 되고 싶다. 이 사람이 아니어도 된다는 생각 말고, 이 사람과 잘 지낼 수 있도록 고민하는 사람이고 싶다. 한 사람 한 사람에게 진심을 다할 수 있는 사람이고 싶다. 내게 다가온 인연을 소중히 여기고 싶다.

조금 더 머물러 주세요

어떤 형태의 인연이라도 결국 유한한 시간을 함께 보내는 것이다. 그렇기에 평생 함께하길 바라지 않는다. 그저 내 곁에 조금 더 머물다 가길 기도할 뿐. 기도는 나의 간절한 염원일 테지. 그 간절함은 나를 움직일 것이다. 우리가 조금 더 함께할 수 있도록 더 나은 사람이 되려 노력하고, 더 귀한 마음을 당신 앞에 두겠지. 떠나감을, 혼자가 됨을 두려워 말고 하늘이 우리에게 선사한 사랑과 우정을 아낌없이 쓰길. 단단한 당신이라면 조금 흔들려도 돌아올 수 있을 테니.

이토록 귀한

반쪽짜리 인생

인생을 반만 살았다. 모든 것을 바쳤는데도 이루지 못할까 두려워서, 나의 바닥을 볼 자신이 없어서, 열심히 하지 않으면 최선이 아니었다는 위안을 할 수 있으니까. '나의' 실패를 면할 수 있으니까. 어느 순간부터 최선을 쏟지 않은 나의 뒤에 숨어 비판과 비난을 피하고 있었다. 내가 아닌 것처럼. 최선을 다하면 무엇이든 할 수 있다는 듯이.

이제는 제대로 마주하고 싶다. 최선을 다하여 원하는 것을 이루는 기쁨을 맛보고 싶다. 해내지 못한 순간까지 나라는 것을 인정하고, 최선을 다한 사람만이 지을 수 있는 후련한 웃음을 지어 보고 싶다. 실패해도 지어 보일 수 있는 그 맑고 시원한 웃음.

두 명의 나

내 안에는 두 명의 내가 있다.
마음이 편하길 바라는 나.
몸이 편하길 바라는 나.

현재가 편하길 바라는 나.
미래가 편하길 바라는 나.

욕심이 없는 나.
욕심이 있는 나.

사람은 양면성이 있는 존재다.
꿈꾸는 모습의 정반대의 면을 갖고 있을 수도 있고,
원치 않는 모습마저도 내 안에 있을 수 있다.
우리는 내 안에 있는 두 명의 나와
조화를 이루며 지낼 수밖에 없다.

때로는 열심히 살아가는 내가 주도할 수 있고,

이토록 귀한

때로는 몸이 편하길 바라는 내가 주도할 수도 있지만,
그 모두 나다.

대립하고 갈등하겠지만 둘 다 나에게 필요한 존재다.
두 명이기에 균형 잡힌 내가 되었을지도 모른다.

나는 두 명의 나를 사랑하기로 했다.

우아하게 살아가는 것

우아하게 산다는 건 오롯이 나를 위해 살아가는 일이 아닐까.

나만의 삶의 방식을 만들어 진정 나를 위해 살아가는 것.

현실을 받아들이면서도 낭만은 놓치지 않는 것.

자기만의 포기할 수 없는 한 가지를 지키고 사는 것.

그 한 가지를 위해 가끔은 세상과 싸울 수도 있고,

나의 편안함과 싸워야 할 수도 있지만,

그럼에도 지켜 내고 싶은 그것을 놓지 않는 태도.

세상이 말하는 특별함이 아닌

자기만의 특별함을 지니려 노력하는 것.

세상의 가치와 자신의 가치를

철저히 구분할 수 있는 분별력을 갖춘 사람.

자신만큼이나 타인을 소중히 여기고,

셈 없는 사랑을 베풀 수 있는 여유.

사소하디사소한 것들이 행복이라는 걸 깨달은 성숙.

이토록 귀한

우아한 삶은, 나를 지켜 내는 삶이라는 것만은 확실하다.

나로 살아가는 사람의 미소는 우아하지 않을 수 없으니 말이다.

나를 돌아보는 노력

서운함을 느끼는 것은 자연스러운 일이다. 누구나 서운함을 느낄 수 있고, 애정이 클수록 사소한 일에도 서운함이 생기곤 한다. 하지만 서운함의 빈도가 너무 잦다면, 사소한 일인데도 불구하고 크게 마음에 내리 앉는다면 나를 돌아볼 시간이 필요하다. 서운함의 시작이 내 안에 있을지도 모른다. 서운함의 뿌리가 어디인지 따라가 보아야 한다.

그 사람이 노력하는 부분은 알지 못하고 그 이상의 것을 원하는 건 아닌지, 스스로 채워야 할 것들을 원하는 건 아닌지, 내가 받고 싶은 것을 나는 건네고 있는지 돌이켜 볼 시간이 필요하다. 모든 걸 충족시켜 줄 수 있는 사람은 없다. 내게도 부족한 면이 있듯 상대도 마찬가지다.

스스로 채워야 할 것과 상대가 해 줄 수 있는 것을 구분하고,

상대가 나에게 전하고 있는 애정과 진심을 소중히 여길 수 있는 마음을 지녀야 한다. 욕심이 서운함을 만들지 않도록.

잦은 서운함이 아닌 잦은 행복 속에 함께 웃는 우리를 위해.

VI

너에게
좋은 사람이고 싶다

우리의 행복

감정은 전염이 빠르다.

내 입에서 흐르던 콧노래는 어느새 당신의 입에 옮겨붙고,

나의 행복한 미소는 우리의 웃음을 끌어낸다.

나의 침울한 표정은 네게 비치고,

나의 눈물은 우리의 눈물이 된다.

힘들면 당신에게 기대어 쉬었다가도

벌떡 일어나게 되는 이유다.

당신의 행복을 지키고 싶은 마음은

가장 위대한 원동력이 되어 준다.

누군가의 행복이 나의 행복이 된다는 것은

의외로 내게 더 기쁜 일이다.

나의 행복과 너의 행복,

우리의 행복 모두 나의 기쁨이 되는 일이다.

나를 더 웃게 만드는 이유가 된다.

나를 더 굳건히 살아가게 한다.

내가 아닌 우리의 행복을 비는 마음.
나의 행복만이 행복이 아님을 알게 된 후
나는 더 행복해졌다.

부지런한 마음

사랑은 부지런하다.
사랑하는 마음은 게으름을 비껴간다.

잠시 함께하기 위해 기꺼이 먼 길을 떠나기도 하고,
상대의 행복을 위해 끊임없이 감정을 살피게 되고,
우리 관계를 견고히 유지하기 위한 노력을 아끼지 않는다.

게을리 보내기에는 소중하고 소중한 시간이어서일까.
부지런히 마음을 줘도 모자르다는 것을 알기 때문일까.
사랑에는 게으름이 없다.
게을리할 수가 없는지도 모르겠다.

너에게

좋아한다면 망설이지 말고, 손을 뻗어 봐요.

깍지 끼며 마주 잡을지도 모를 일이잖아요.

우리만의 어여쁨

매끄러운 도자기 같이 흠집 하나 없는 관계를 유지하기는 어렵다. 관계는 지켜보는 것이 아니라, 사용하는 것이기 때문이다. 다양한 감정과 진심, 생각을 주고받는 과정에서 균열이 생길 수도 있다.

그래도 괜찮다. 본디 우리를 이뤘던 것보다 밀도 높은 우리의 사랑으로, 균열을 메꾸어 가면 충분하니까. 관계는 치열하게 많은 걸 주고받아야 한다. 생각과 감정을 주고받지 않는 관계는 아무런 흠집이 없겠지만, 관계의 의미를 갖지 못한다.

그래서 나는 완벽한 겉모습보다 치열하게 나눴던 우리의 흔적이 더 사랑스럽다. 나는 당신과 내가 우리만의 어여쁨으로 남길 바란다. 우리의 흠집과 균열, 그것을 덧댄 깊은 사랑을, 우리만의 아름다움으로 바라보고 싶다. 그제야 우리만의 관계를 만들었다고 말할 수 있을 것 같다.

너에게

여전히 당신을 품고 살아간다.
거두고 싶다고 거둬지는 마음이 아니니까.

건넬 곳 없는 이 사랑은
흘러가지 못해
고이고,
고이다가,
내 안에 굳겠지.

그리고
내가 되겠지.

사랑의 모양

사랑은 어떤 모양이어야 할까요.

가늘고 기다래야 할까요.
오래오래 들고 갈 수 있게.
내 사랑은 짧고 뭉툭한데 어쩌죠.
볼품없다고 생각할까요.
내 사랑은 커다랗고 무거운데 어쩌죠.
부담스러울까요.

그렇다면 조그맣게 떼어 건네 볼까요.
남은 사랑은 내 등 뒤에 숨겨 놓고.
그 사랑을 모두 건네도 될 때를 기다리며.

나의 사랑이 당신이 원하는 모양에 알맞길 바라며,
이리저리 조금조금 다듬어 봅니다.

당신의 사랑은 어떤 모양일까요.
당신의 모양을 알게 되는 날이 올까요.

너에게

당신이었다

나의 낭만은 참으로 소박했다. 피곤을 무릅쓰고 너를 만난 어느 밤이었고, 시간 가는 줄 모르고 새벽까지 이어지는 우리의 대화였으며, 너와 배불리 먹고 평상에 누워 듣던 매미 소리였다. 너랑 있으면 유치해질 수 있었는데 나는 그게 어른이라 불리는 나이가 되고선 처음이었다. 아이 같은 웃음을 짓는 너를 보면 세상만사 아무럼 괜찮았고, 네 앞에서만은 어른스러운 척 따위 하지 않았던 나도 그 웃음을 지어 보일 수 있었다. 너와 함께할 때의 나는 가난하지 않았다. 무언가 받지 않고도 계속 줄 수 있는, 어디서 생겨났는지 모르는 사랑이 피어났으니. 나의 낭만은 너였다. 너와 함께하는 하루하루가 나의 낭만이었다.

닮아 가는 우리

내가 사랑을 전하는 방식은
사실 당신에게 받고 싶은 사랑이 아니었을까.

당신이 사랑을 전하는 방식은
사실 당신이 받고 싶은 사랑이 아니었을까.

사랑은 보이지 않기에,
느낄 수 있도록 전해야 한다.

보이지 않지만,
느낄 수는 있으니까.

이제는 건네받은 사랑의 방식을 기억해 둔다.

당신이 전하는 방식은
당신이 원하는 방식일지도 모른다는 생각에.

마음은 같지만 방식의 차이로
마음을 오해하지 않도록.

니에게

서로의 방식을 이해할 수 있도록.

차이를 좁혀 갈 수 있도록.

당신을 더 유심히 바라본다.

당신의 사랑을 배워 간다.

당신을 닮아 간다.

함께 만들어 가는 사랑, 함께 만들어 가는 우리

어쩌면 사랑에 있어서만큼은
있는 그대로의 나를 고집할 필요가 없을지도 모르겠다.

상대를 위해 기꺼이
나를 변화시킬 수 있는 것이 사랑일 테니까.

서로의 방식과 표현을 알아 가고,
서로의 것들이 우리의 것으로 합쳐지는 것.

끊임없이 서로에게 맞춰 가려고 노력하는 것이야말로
사랑하는 사람이 갖춰야 할 자세가 아닐까.

너로 하여금 내가 만들어지고,
나로 하여금 네가 만들어졌을 때.
서로의 곁에서 달라진 우리를
사랑할 수 있는 관계를 맺고 싶다.

우리는 사랑을 만들어 가고,

니에게

사랑은 우리를 만들어 준다.

함께 만들어 가는 사랑.
함께 만들어 가는 우리.

홀씨를 부는 입술

사랑하는 사람이 있다는 건 삶이 내려앉았을 때,
바닥과 천장 사이의 공간을 만들어 주는 지지대가 있다는 것.
현실이 짓눌러도 편안히 숨 쉴 수 있는 틈이 있다는 것.
나를 살게 하는 것.

사랑은 그런 것이다.

기어코 나를 살게 한다.
기어코 더 나은 나를 그리게 한다.
메마른 마음속에 민들레 홀씨를 흩뿌린다.

기어이 마음에 꽃밭을 피워 낸다.

니에게

약속

우리는 수많은 약속을 하지만
지켜지지 않을 수 있다는 걸 안다.
그것이 꼭 나쁜 것이지만은 않겠다.

그 말이,
우리를 더 견고하게 만들어
이루어질 수 있도록 만들어 줄지도 모르니까.

때로는 앞날을 생각하지 않고 늘어놓아도 된다.

그것이 사랑 앞이라면.

잘 지내나요, 당신

우리에게 붙여진 마침표가 반점으로 변하지는 않을지,
끝이 새로운 시작이 되지는 않을지
지켜보느라 오랜 시간을 머물렀습니다.

이별에 머물고 있으니
마침표는 여전하네요.

만나게 될 사람은 언젠가 만나게 된다는 진부한 이 말을
위안 삼고 떠날 채비를 하고 있습니다.

모든 것이 아직 제자리에 있는데,
달라진 것이 있다면 우리가 우리가 아니게 된 것뿐인데,
모든 것이 달라졌습니다.
그러니까 당신이 아직은 보고 싶습니다.

너에게

언어 너머의 마음

표현의 필요성을 아는 사람이 좋다. 말하지 않으면 상대는 모른다는 걸 알고 있는 사람이 좋다. 투박하고, 서툴더라도 또렷이 마음을 전하려 노력하는 사람. 혼자만의 생각에 빠지지 않도록, 불안해하지 않도록 나를 배려하는 사람. 익숙하지 않더라도, 유려한 표현이 아니더라도, 상대를 위해 노력하는 사람이 좋다. 관계를 자라나게 하는 것은 서로에게 건네는 표현이 아닐까. 메마르지 않게, 휘청이지 않게 애정을 전하는 우리의 노력이 아닐까. 우리 사랑의 말을 주고받자. 언어 너머의 마음을 전하자. 쑥스럽고, 민망하다는 감정은 가뿐히 묻을 커다란 행복을 가져올 테니까.

예쁜 다툼

이제 와 돌이켜 보면 우리의 다툼은 참 예뻤다. 투덜거리고, 화를 내던 순간은 나를 알아달라는 표현이었으니까. 다툰다는 건 우리의 다름을 맞춰 가고 싶다는 것이다. 켜켜이 쌓이는 감정이 균열을 일으키지 않도록 표현하는 것이다. 애정이 없다면, 미래를 그리지 않는다면 구태여 말하지 않게 되니까.

그러니까 예쁜 다툼을 하자, 우리. 상처 주지 말고, 예의를 지키며 더 나은 우리를 위한 방향을 생각하자. 그런 다툼이라면 얼마든지 괜찮을 테니까. 다툼 끝에 서로에게 한 발짝 더 가까워진 것이니까.

너에게

사랑을 지우는 노력

커다랗던 사랑이 작아지고 이내 사라지기까지는 많은 시간이 필요하다. 어쩌면 사랑을 키워 간 만큼의 시간이 걸릴지도 모르겠다. 그 사람을 당장 마음속에서 비워 내지 못한다며 자책할 필요 없다. 진심으로 사랑했다는 뜻일 테니까. 누군가를 그토록 사랑했다는 건 대단한 일이다. 깊이 사랑한 만큼 많이 아플 수밖에 없다. 나의 모든 부분에 녹아 있던 그 사람을 단박에 지우기란 불가능하다. 언젠가는 그 사람이 떠오르지 않는다는 사실에 놀랄 정도로, 잊었다는 게 실감이 안 날 정도로 잊히는 날이 올 것이다. 천천히 지워 나가도 괜찮다. 시간은 당신 편이다. 충분히 아파하고, 추억하는 것이 사랑에 대한 예의일지도 모르겠다.

충분히, 슬퍼해도 괜찮다.

나의 한 시절에 당신이 있었다는 것만으로,
당신의 한 시절을 함께했다는 것만으로도
충분하다. 나는.

몰랐던 것들

나를 가장 행복하게 만들었던 사람이
나를 가장 슬프게도 만들 수 있다는 것을 몰랐다.

두 사람은 영원히 행복하게 살았답니다 하고
끝이 없을 줄 알았던 사랑도 끝이 날 수 있다는 것을 몰랐다.

사랑 뒤에 이별이 숨어 있다는 것을 몰랐다.

알았다면 조금은 덜 아팠을까.
그렇지도 않았겠다.

이 사람은 아닐 거라는 희망을 품었을 테니까.

가꾸어 가는 것

한때는 사랑이 꽃과 닮았다고 생각했다.
절정의 아름다움을 발하고 시들어 가는 모습이
처음의 설렘과 행복이 서서히 줄어드는 것과 닮았다고.

그러나 사랑은 저무는 게 아니라 함께 가꾸어 가는 것이었다.
사랑이라는 씨앗을 심고,
무럭무럭 자라도록 애정과 관심을 주는 것.

언젠가 화분도 사랑도 시들 수 있지만,
그것을 알기에 더욱 정성을 들이는 것.

정성을 먹고 자란 건 크고 단단한 뿌리가 생긴다.
어느새 크고 단단한 뿌리는 우리에게 깊게 박혀
사소한 것들로는 시들지 않는 튼튼한 사랑이 될 것이다.

니에게

나란 사람은

내가 그은 밑줄 하나에도 애정이 간다.

하물며 아무렇게나

그은 줄에도 애정이 생기는데

당신은 어떻겠나.

당신이 자꾸 아른하다.

무성히도 떠오른다.

다툼을 함께 풀어 간다면

많은 다툼은 내가 지워지고, 너만 남았기 때문이 아닐까.
'너'는 왜로 시작하는 물음과 '너'에게로만 향하는 비난.
이런 때만큼은 내가 지워지고 너만 남는다.

나를 가져와야 한다.

내가 실수한 부분은 없는지,
내가 상대의 기분을 풀어 주려면
어떻게 하면 좋을지 고민해야 한다.
이해시켜 주길 바라는 것보다,
이해시켜 주려 서로가 노력한다면,
우리의 얽힌 마음을 푸는 것은 생각보다 어렵지 않을 것이다.
풀어 주길 기다리지 말고, 함께 풀어 나가자.

엉킨 끈의 끝자락을 잡고, 서로에게 다가가자.

지나쳐 간 시간은 되돌아오지 않는다.
그 시절의 우리는 없다.

그 시절의 우린,
추억이라는 단어 안에 담았을 때 가장 아름답다.

우리를 위한 길

다투는 법을 몰랐다. 감정 표현이 서툴렀고, 다툼은 일어나면 안 되는 것이라 여겼다. 서운하고 속상한 부분이 생기면, 괜찮다는 말 뒤에 숨기 바빴다. 관계를 지속하는 게 어려웠다. 내 안에 켜켜이 쌓이는 감정을 감당하기가 벅차서 혼자 생각을 정리하고 이별을 통보했다.

돌이켜 보면 나의 이별은 만남을 끝내고 싶은 것이 아닌 힘들다는 신호였다. 감당하기 힘들 정도로 감정의 골이 깊어져서 대화로 풀어야 하는데, 말할 수가 없으니 원치 않는 헤어짐을 택했다. 그 시절의 나는 우리의 차이와 다름을 진솔한 대화로 풀어 갈 수 있는 것이라 생각하지 못했고, 미성숙한 사랑은 소중한 사람을 떠나보냈다.

이별을 고하는 사람이 있다. 열렬히 사랑하는 데도, 손을 놓고 만다. 그들에게 필요한 것은 헤어짐이라는 선택이 아니

니에게

라, 속마음을 털어놓는 깊은 대화가 아닐까. 속내를 털어놓는 게 서툴고, 감정을 표현하기가 어려운 것은 아닐까 생각해 본다.

관계는 만들어 가는 것이다. 서로 다른 우리가 만나 조화를 이루는 건 결코 쉽지 않다. 끊임없이 대화를 나누며 상대를 이해하고, 받아들이고, 서로에게 스며드는 과정을 거쳐야 한다. 관계에 있어서 서운함과 속상함 같은 감정들은 불편한 감정이 아닌 자연스러운 감정이다. 속마음을 털어놓으며 진솔한 대화로 상황을 되짚고, 우리를 위한 길로 나아가면 된다.

다툼과 헤어짐은 다르다. 다툼은 둘이 같이 흔들린다면, 헤어짐은 둘 사이에 벽이 생기는 것이다. 조금 흔들리더라도 함께하자. 손을 붙들고 흔들림에서 벗어나려 노력하자. 사랑하는 이의 손을 놓치지 말자. 우리의 길을 함께 걷자.

좋은 사람을 만나면

좋은 사람을 곁에 두는 것만으로 인생이 달라진다.

나에게 좋은 말을 건네는 사람에게는
좋은 말을 돌려주고 싶고,
조심스러운 배려와 다정한 마음을 선물하는 사람에게는
미숙한 다정이나마 끌어모아 전하고 싶다.

자기의 삶에 확신을 갖는 사람의 곁에서
그의 삶의 자세를 배우게 되고,

긍정적인 사람 곁에서는
나의 부정이 희미해진다.

좋은 사람이 곁에 있는 것만으로도 달라진다.

사람과 사랑은 사람을 변화하게 한다.
내가 누군가에게 좋은 사람이 되는 것만으로,
한 사람의 인생이 달라질 수 있다는 뜻이기도 하다.

니에게

마 치 며

이리저리 휘청이는 마음에 어찌할 바를 몰랐던 시절, 제가 할 수 있는 건 한 가지, 뿌리를 키워 내는 일이었습니다. 깊게 뿌리 내린 나무는 흔들릴지언정 쓰러지지는 않습니다. 넘어질 듯 휘청였다가도, 언제 그랬냐는 듯 웃습니다.

제게 그런 단단한 뿌리를 선물하고 싶다는 마음으로 글을 쓰기 시작했습니다. 나를 위해 쓰기 시작했던 글이 나와 같은 누군가에게 닿길 바라는 마음으로 번져, 이 책을 내게 되었습니다.

저처럼 잠 못 드는 밤이면 책을 집어 드는 누군가가 제 글에서 자신을 발견하길 바라는 마음으로 썼습니다. 나와 닮은 사람이 있다는 것은 어떠한 말보다 커다란 위안이 되어 주니까요.

우리의 뿌리를 자라나게 하는 것은 나를 아끼고 사랑하는 마음이 아닐까 생각해 봅니다. 우리가 어떠한 순간에도 변치 않는 사랑을 자신에게 전하길 바랍니다. 한결같은 사랑은 모진 비바람도 견뎌 낼 굳건함을 만들어 주리라 믿습니다.

우리의 뿌리가 한 뼘 더 자라나길 바라며, 우리만의 아름다움을 피워 내길 바라는 소망을 담아, 가장 아끼는 당신에게 이 책을 드립니다.

—

언제나 든든한 지지대가 되어 주시는 사랑하는 부모님. 이 책을 떠올릴 때마다, 함께 떠오를 소중한 정민호 님에게 깊은 감사를 전합니다.

끝으로 이 책을 함께 만들어 주신 독자분들께 깊은 감사를 전합니다. 부족한 제게 아낌없는 응원과 애정을 보내 주신 독자분들 덕분에 책을 낼 수 있었습니다. 독자분들은 저의 자신감이자 원동력이었습니다. 지금처럼 여러분의 가장 가까운 곳에 있겠습니다.

우리의 시간이 맞닿아서 참 다행입니다.
맞닿은 시간 속에 있어 주셔서 감사드립니다.

가장 아끼는 너에게 주고 싶은 말 Blooming Edition

1판 01쇄 발행 2023년 08월 23일
1판 14쇄 발행 2024년 06월 18일
2판 01쇄 발행 2024년 07월 15일
2판 02쇄 발행 2024년 08월 19일
2판 03쇄 발행 2024년 08월 29일
2판 04쇄 발행 2024년 09월 30일
2판 05쇄 발행 2024년 10월 25일
2판 06쇄 발행 2024년 12월 27일

지 은 이 도연화

발 행 인 정영욱
편집총괄 정해나
편   집 박소정
디 자 인 차유진

펴낸곳 (주)부크럼
전   화 070-5138-9971~3 (도서기획제작팀)
홈페이지 www.bookrum.co.kr
이메일 editor@bookrum.co.kr
인스타그램 @bookrum.official
블로그 blog.naver.com/s2mfairy
포스트 post.naver.com/s2mfairy

ⓒ 도연화, 2023
ISBN 979-11-6214-451-0 (03800)